알 수 없는 여인에게

알 수 없는 여인에게

로베르 데스노스

조재룡 옮김

À LA MYSTÉRIEUSE

Robert Desnos

일러두기

1 번역과 해설은 마리-클레르 뒤마가 주해를 달고 정리한 다음 판본을
   저본 삼아 진행하였으며 동일 저자의 아래 글도 참조하였다.
   Robert Desnos, *Œuvres*, Édition établie et présentée par Marie-Claire
                      Dumas, Gallimard, 1999.
   Marie-Claire Dumas, "Robert Desnos," in *Dictionnaire de poésie de*
                      Baudelaire à nos jours, sous la direction de Michel Jarrety,
                      Paris, Presses Universitaires de France, 2001.

2 시의 출처는 다음과 같다. 1부의 「오늘 나는 산책을 했다……」「대지」
   「다섯 시에」「내일」「바뉼레 가(街)의 노래」는 『각성 상태』에, 「파리」
   「나이, 여행 그리고 풍경들」「한 장의 나뭇잎이 있었다」「이 밤 모두
   안녕」은 『두드리는 문들』에 실린 작품들이며, 2부는 『알 수 없는
   여인에게』에 실린 작품들을 모두 번역했다. 3부의 「그대 말고는 그
   누구도」「이미지의 정체성」「세 개의 별」은 『암흑』에, 「문학」「깨어남」
   「시인의 위대한 날들」「전쟁을 증오했던 이 마음이……」는 『터무니없는
   운명』에, 「목소리」는 『고장』에 실렸다. 4부의 「누워서」「어느 조그만
   배에」「구멍 뚫린 신발 신은 개구리」는 『터무니없는 운명』에, 「얼룩말」은
   『고장』에, 「압지(押紙)」는 『내면의 목소리들(Les voix intérieures)』에, 「목
   없는 사총사」는 『목 없는 자들』에 수록된 작품들로, 「목 없는 사총사」를
   제외하면 모두 동시라고 할 수 있다.

차례

1부

오늘 나는 산책을 했다……

Aujourd'hui je me suis promené…

Aujourd'hui je me suis promené avec mon camarade,

Même s'il est mort,

Je me suis promené avec mon camarade.

Qu'ils étaient beaux les arbres en fleurs,

Les marronniers qui neigeaient le jour de sa mort.

Avec mon camarade je me suis promené.

Jadis mes parents

Allaient seuls aux enterrements

Et je me sentais petit enfant.

Maintenant je connais pas mal de morts,

J'ai vu beaucoup de croque-morts

Mais je n'approche pas de leur bord.

C'est pourquoi tout aujourd'hui

Je me suis promené avec mon ami.

Il m'a trouvé un peu vieilli,

Un peu vieilli, mais il m'a dit:

Toi aussi tu viendras où je suis,

오늘 나는 산책을 했다……

오늘 나는 내 동료와 산책을 했다,
비록 그는 죽었지만,
나는 내 동료와 산책을 했다.

꽃이 피어난 나무들이 아름다웠다,
그가 죽던 날 눈 흩날렸던 밤나무들.
내 동료와 함께 나는 산책을 했다.

오래전 부모님은
장례식에 당신들만 가셨다
나 자신이 어린애처럼 느껴졌었다.

지금 나는 적다고 할 수 없는 망자들을 안다,
나는 장의사들도 많이 보았다
그러나 그들의 근처에는 다가가지 않는다.

그런 까닭에 오늘 하루 종일
나는 내 친구와 산책을 했다.
그는 내가 조금 더 늙었다고 여기는 모양이었다,

조금 더 늙었다고, 게다가 그는 내게 말했다:
어느 일요일이나 어느 **토요일**

Un Dimanche ou un Samedi,

Moi, je regardais les arbres en fleurs,
La rivière passer sous le pont
Et soudain j'ai vu que j'étais seul.

Alors je suis rentré parmi les hommes.

자네도 또한 내가 있는 곳으로 오게 될 거야,

나는 그때, 꽃이 활짝 핀 나무들을, 저 다리 아래로
흐르고 있는 강을 물끄러미 바라보고 있었다
그러다 불현듯 내가 혼자였다는 사실을 알아차렸다.

그러자 나는 사람들 사이로 되돌아왔다.

Paris

Pas encore endormi,

J'entends vos pas dans la rue, hommes qui vous levez tôt.

Je distingue vos pas de ceux de l'homme attardé, aussi sûrement que
l'aube du crépuscule.

Sans cesse il est des hommes éveillés dans la ville.

À toute heure du jour des hommes qui s'éveillent,

Et d'autres qui s'endorment.

Il est, pendant le jour, d'invisibles étoiles dans le ciel.

Les routes de la terre où nous ne passerons jamais.

Le jour va paraître.

J'entends vos pas dans l'aube,

Courageux travailleurs matinaux.

Le soleil se pressent déjà derrière la brume.

Le fleuve coule plus nonchalamment.

Le trottoir sonne sec sous le pas.

Le son des horloges est plus clair.

Vienne l'indécis mois de mars et les langueurs du printemps

Tu te lèves, tu t'éclaires, tu éclates,

Figure de pavé et de cambouis,

Ville, ville où je vis,

Paris.

파리

아직도 잠을 이루지 못한 채,
나는 저 거리 당신의 발걸음을, 당신을 일찍 깨운 사람들 소리를
　　듣는다.
뒤이어 당도한 사람의 발설음에서 나는, 밝아오는 저 새벽녘처럼
　　명료하게 당신의 발걸음을 구분해 낸다.
잠에서 깨어난 사람들이 도시에는 끊이지 않는다.
하루 온종일 깨어 있는 사람들,
그리고 잠을 청하는 또 다른 사람들.
보이지 않는 별들이, 낮에, 하늘에 떠 있다.
우리 단 한 번도 지나가지 않을 지상의 저 도로들.
날이 곧 모습을 드러내리라.
새벽에 당신의 발걸음이 내게 들려온다,
부지런한 아침의 일꾼들.

태양이 안개 뒤에서 벌써 서두르고 있다.
강물이 더 한가하게 흐르고 있다.
보도가 발걸음 아래 건조한 소리를 내고 있다.
시계 종소리가 더욱 또렷해진다.
어서 오라 불확실한 삼월과 봄의 무기력이여
네가 깨어난다, 네가 환해진다, 네가 폭발한다,
기름 때로 가득한 포도(鋪道)의 얼굴,
도시, 내가 살고 있는 도시,
파리.

Âge, voyages et paysages

Rien ne ressemble plus à l'inspiration
Que l'ivresse d'une matinée de printemps,
Que le désir d'une femme.
Ne plus être soi, être chacun.
Poser ses pieds sur terre avec agilité.
Savourer l'air qu'on respire.
Je chante ce soir non ce que nous devons combattre
Mais ce que nous devons défendre.
Les plaisirs de la vie.
Le vin qu'on boit avec des camarades.
L'amour.
Le feu en hiver.
La rivière fraîche en été.
La viande et le pain de chaque repas.
Le refrain que l'on chante en marchant sur la route.
Le lit où l'on dort.
Le sommeil, sans réveils en sursaut, sans angoisse du
    lendemain.
Le loisir.
La liberté de changer de ciel.

나이, 여행 그리고 풍경들[*]

봄날 어느 아침의 취기보다
어느 여인의 욕망보다 더 영감을
닮은 것은 아무것도 없다.
더는 자기 자신이, 각각의 사람이 되지 않기.
두 발을 민첩하게 대지 위에 내려놓기.
우리가 숨 쉬는 저 공기를 음미하기.
이 밤 나는 우리가 싸워야만 하는 것 말고
지켜내야만 하는 것을 노래하련다.
삶의 저 기쁨들.
동료들과 함께 마시는 포도주.
사랑.
겨울의 불길.
여름의 시원한 강가.
매 끼니의 고기와 빵.
길을 걸으며 함께 반복해서 부르는 노래.
우리가 잠을 청하는 저 침대.
소스라치며 깨어나지 않는, 내일의 불안을 물리친, 저 잠.
여유.
하늘을 바꾸어 보는 자유.

---

[*] 출간 당시 제목은 「아름다운 계절을 위한 노래(Chant pour la belle saison)」였다.

Le sentiment de la dignité et beaucoup d'autres choses
dont on ose refuser la possession aux hommes.

J'aime et je chante le printemps fleuri
J'aime et je chante l'été avec ses fruits
J'aime et je chante la joie de vivre
J'aime et je chante le printemps
J'aime et je chante l'été, saison dans laquelle je suis né.

존엄이라는 감정 그리고 인간의 소유이기를
감히 거부하는 다른 많은 것들.

나는 사랑한다 그리고 나는 꽃이 핀 봄을 노래한다
나는 사랑한다 그리고 나는 열매 맺힌 여름을 노래한다
나는 사랑한다 그리고 나는 삶을 영위하는 기쁨을 노래한다
나는 사랑한다 그리고 나는 봄을 노래한다
나는 사랑한다 그리고 나는, 내가 태어난 계절, 저 여름을
　　노래한다.

Terre

Un jour après un jour,

Une vague après une vague.

Où vas-tu? Où allez-vous?

Terre meurtrie par tant d'hommes errants!

Terre enrichie par les cadavres de tant d'hommes.

Mais la terre c'est nous,

Nous ne sommes pas sur elle

Mais en elle depuis toujours.

대지

하루 또 하루
물결 또 물결
그대 어디로 가는가? 당신 어디로 가시는가?
방황하는 저 수많은 사람들로 상처받은 대지여!
수많은 사람들의 저 시체들로 살찐 대지여.
그러나 대지 그것은 바로 우리,
우리는 대지 위에 있는 것이 아니라
아주 오래전부터 그 안에 있다.

À cinq heures

À cinq heures du matin dans une rue neuve et vide j'entends le bruit
d'une voiture qui s'éloigne.
Un avertisseur d'incendie a sa glace brisée et les débris de verre
resplendissent dans le ruisseau.

Sur le pavé il y a une flaque de sang et un peu de fumée se dissout
dans l'air.
Ohé! Ohé! racontez-moi ce qui s'est passé.
Éveillez-vous! Je veux savoir ce qui s'est passé.
Racontez-moi les aventures des hommes.

다섯 시에

새벽 다섯 시 새로 난 저 텅 빈 거리에서 나는 듣는다 멀어지는
　　자동차 한 대 그 소음을.
화재경보기의 창이 깨지고 유리 파편들이 강물에서 반짝거린다.

포도 위에 피 웅덩이가 고여 있다 그리고 조금씩 연기가 하늘로
　　흩어지고 있다.
저기요! 저기요! 무슨 일이 일어났는지 내게 말해 주시오.
잠에서 깨어나 보시오! 무슨 일이 일어났는지 나 알고 싶소.
인간들이 겪고 있는 일을 나에게 말해 달란 말이오.

Demain

Âgé de cent mille ans, j'aurais encor la force
De t'attendre, ô demain pressenti par l'espoir.
Le temps, vieillard souffrant de multiples entorses,
Peut gémir: Le matin est neuf, neuf est le soir.

Mais depuis trop de mois nous vivons à la veille,
Nous veillons, nous gardons la lumière et le feu,
Nous parlons à voix basse et nous tendons l'oreille
À maint bruit vite éteint et perdu comme au jeu.

Or, du fond de la nuit, nous témoignons encore
De la splendeur du jour et de tous ses présents.
Si nous ne dormons pas c'est pour guetter l'aurore
Qui prouvera qu'enfin nous vivons au présent.

내일

나이 십만 살이 되어도, 나는 여전히 그대를
기다릴 힘을 가지리라, 오 희망을 예감하는 내일이여.
숱한 과오로 괴로워하는 늙은이, 저 시간이여,
신음을 내뱉어라: 내일은 새롭고, 새로움은 저녁이라고.

그러나 우리는 너무나 많은 달(月)들을 불면 속에서 살아간다,
우리는 밤을 지새운다, 우리는 빛과 불을 지키고 있다,
우리는 낮은 목소리로 말하고 우리는 어느 놀이에서처럼
재빨리 사라지고 또 패배하는 수많은 소리에 귀를 기울인다.

하지만, 밤의 저 깊은 곳으로부터, 여전히 우리는
낮의 찬란함과 낮이 주는 온갖 선물들을 지켜보고 있구나.
우리가 잠을 자지 않는 것은 이 또한 여명을 감시하기 위함이니
마침내 그 빛이 현재를 살아가고 있는 우리를 증명해 주리라.

Couplet de la rue de Bagnolet

Le soleil de la rue de Bagnolet

N'est pas un soleil comme les autres.

Il se baigne dans le ruisseau,

Il se coiffe avec un seau,

Tout comme les autres,

Mais, quand il caresse mes épaules,

C'est bien lui et pas un autre,

Le soleil de la rue Bagnolet

Qui conduit son cabriolet

Ailleurs qu'aux portes des palais,

Soleil, soleil ni beau ni laid,

Soleil tout drôle et tout content,

Soleil de la rue de Bagnolet,

Soleil d'hiver et de printemps,

Soleil de la rue de Bagnolet,

Pas comme les autres.

바놀레 가(街)의 노래

바놀레 가의 햇살은
다른 거리들의 햇살이 아니라네.
개울가에서 물놀이를 하고,
양동이로 물길을 내고,
모든 게 다른 거리와 같다네,
다만, 내 두 어깨를 어루만질 때면,
다른 무엇도 아닌 바로 그 햇살이라네,
바놀레 가의 햇살은
궁전의 성문이 아닌 다른 곳으로
지붕이 열리는 제 차를 몰고 간다네,
햇살, 아름답지도 못생기지도 않은 햇살,
아주 재미있고 몹시 기뻐하는 햇살,
바놀레 가의 햇살,
겨울과 봄의 햇살,
바놀레 가의 햇살,
다른 거리의 햇살과 같지 않다네.

Il était une feuille

Il était une feuille avec ses lignes —
Ligne de vie
Ligne de chance
Ligne de cœur
Il était une branche au bout de la feuille —
Ligne fourchue signe de vie
Signe de chance
Signe de cœur —
Il était un arbre au bout de la branche —
Un arbre digne de vie
Digne de chance
Digne de cœur —
Cœur gravé, percé, transpercé,
Un arbre que nul jamais ne vit.
Il était des racines au bout de l'arbre —
Racines vignes de vie
Vignes de chance
Vigne de cœur —
Au bout de ces racines il était la terre —
La terre tout court
La terre toute ronde
La terre toute seule au travers du ciel
La terre.

한 장의 나뭇잎이 있었다

줄〔線〕이 가득한 나뭇잎 한 장이 있었다 —
생명의 줄
행운의 줄
마음의 줄 —
잎새 끝에 매달린 나뭇가지 하나가 있었다 —
갈라진 줄 생명의 징조
행운의 징조
마음의 징조 —
가지 끝에 매달린 나무 한 그루가 있었다 —
생명과 견줄 만한 나무 한 그루
행운과 견줄 만한
마음과 견줄 만한 —
새겨진, 구멍 난, 뻥 꿰뚫린 저 마음,
그 누구도 본 적이 없는 나무 한 그루.
나무 끝에 매달린 뿌리가 있었다 —
뿌리들 생명의 포도나무들
행운의 포도나무들
마음의 포도나무 —
저 뿌리들의 끝에 대지가 있었다 —
그저 대지
아주 둥근 대지
하늘을 사이에 두고 오롯이 홀로인 대지
저 대지.

Bonsoir tout le monde

— Couché dans ton lit
Entre tes draps,
Comme une lettre dans son enveloppe
Tu t'imagines que tu pars
Pour un long voyage.

— Mais non, je n'imagine rien.
Je ne suis pas né d'hier
Je connais le sommeil et ses mystères
Je connais la nuit et ses ténèbres
Et je dors comme je vis.

이 밤 모두 안녕

— 네 침대에 누워
네 시트를 돌돌 말고,
봉투 속 저 편지 한 장처럼,
너는 떠올리고 있구나 기나긴
여행길에 오르는 네 모습을.

— 천만의 말씀, 나는 아무것도 상상하지 않는다네.
내가 태어난 것은 어제가 아니라네
잠과 저 잠의 신비를 나는 알고 있다네
밤과 저 밤의 어둠을 나는 알고 있다네
그렇게 나는 살아가듯 잠을 잔다네.

2부

알 수 없는 여인에게

Ô douleur de l'amour!

Ô douleurs de l'amour!

Comme vous m'êtes nécessaires et comme vous m'êtes chères.

Mes yeux qui se ferment sur des larmes imaginaires, mes mains
qui se tendent sans cesse vers le vide.

J'ai rêvé cette nuit de paysages insensés et d'aventures
dangereuses aussi bien du point de vue de la mort que du
point de vue de la vie qui sont aussi le point de vue de
l'amour.

Au réveil vous étiez présentes, ô douleurs de l'amour, ô muses du
désert, ô muses exigeantes.

Mon rire et ma joie se cristallisent autour de vous. C'est votre fard,
votre poudre, votre rouge, votre sac de peau de serpent, vos
bas de soie… et c'est aussi ce petit pli entre l'oreille et la
nuque, à la naissance du cou, c'est votre pantalon de soie et
votre fine chemise et votre manteau de fourrure, votre ventre
rond c'est mon rire et mes joie vos pieds et tous vos
bijoux.

En vérité, comme vous êtes bien vêtue et bien parée.

Ô douleurs de l'amour, anges exigeants, voilà que je vous
imagine à l'image même de mon amour que je confonds
avec lui…

오, 사랑의 고통이여!

오, 사랑의 고통이여!
그대가 내게 진정 필요하기에 그대가 내게 진정 소중하기에.
상상의 눈물 위로 닫히는 내 두 눈, 허공을 향해 끊임없이
　　내뻗는 내 두 손.
나는 오늘 밤 꿈을 꾸었다 삶의 눈으로나 죽음의 눈으로나
　　사랑의 눈이기는 매한가지인 저 기상천외한 풍경들과
　　위험천만한 모험들을.
잠에서 깨어나니 그대 내 앞에 나타났다, 오 사랑의 고통이여,
　　오 사막의 뮤즈여, 오 까다로운 뮤즈여.
나의 웃음과 나의 기쁨이 그대 주위에서 결정체가 되어
　　버린다. 이것은 그대의 화장품, 그대의 파우더, 그대의
　　립스틱, 그대의 뱀 가죽 가방, 그대의 실크 스타킹……
　　그리고 이것은 귓불과 목덜미 사이, 목이 드러나기
　　시작하는 부분에 피어난 잔주름, 이것은 그대의 비단
　　바지 그리고 그대의 고급 셔츠 그리고 그대의 모피 외투,
　　그대의 불룩한 배 이것은 나의 웃음 그리고 나의 기쁨
　　그대의 두 발 그리고 그대의 온갖 보석들.
정말이지, 그대가 얼마나 잘 차려입고 또 잘 꾸몄는지.

오, 사랑의 고통이여, 까다로운 천사들이여, 내 사랑의
　　모습을 따라 상상해 보는 그대와 내가 헷갈려 하는
　　그대가 바로 여기에 있구나…….

Ô douleurs de l'amour, vous que je crée et habille, vous vous confondez avec mon amour dont je ne connais que les vêtements et aussi les yeux, la voix, le visage, les mains, les cheveux, les dents, les yeux...

오, 사랑의 고통이여, 내가 창조하고 옷을 입힌 그대, 오로지
옷차림으로만 마찬가지로 두 눈, 목소리, 얼굴, 두 손,
머리카락, 치아, 두 눈…… 으로만 내가 알고 있는 내
사랑과 그대가 서로 뒤섞여 있구나.

J'ai tant rêvé de toi

J'ai tant rêvé de toi que tu perds ta réalité.

Est-il encore temps d'atteindre ce corps vivant et de baiser sur cette
bouche la naissance de la voix qui m'est chère ?

J'ai tant rêvé de toi que mes bras habitués en étreignant ton ombre à
se croiser sur ma poitrine ne se plieraient pas au contour de
ton corps, peut-être.

Et que, devant l'apparence réelle de ce qui me hante et me gouverne
depuis des jours et des années je deviendrais une ombre
sans doute,

Ô balances sentimentales.

J'ai tant rêvé de toi qu'il n'est plus temps sans doute que je
m'éveille. Je dors debout, le corps exposé à toutes les
apparences de la vie et de l'amour et toi, la seule qui compte
aujourd'hui pour moi, je pourrais moins toucher ton front et
tes lèvres que les premières lèvres et le premier front venu.

J'ai tant rêvé de toi, tant marché, parlé, couché avec ton fantôme
qu'il ne me reste plus peut-être, et pourtant, qu'à être fantôme
parmi les fantômes et plus ombre cent fois que l'ombre qui se
promène et se promènera allègrement sur le cadran solaire de
ta vie.

너무나도 자주 나는 너를 꿈꾸었다

네 참모습을 네가 잃어버릴 만큼 너무나도 자주 나는 너를
　　꿈꾸었다.
살아 숨 쉬는 그 몸에 가둬 내게 정겨운 목소리 흘러나오게
　　그 입술 위에 키스를 할 시간이 아직 남아 있을까?
너의 그림자를 꺼안아 내 가슴 위로 포개는 데 익숙해진 내
　　두 팔이 너의 몸 둘레로 굽어지지 못할 만큼 너무나도
　　자주 나는 너를 꿈꾸었다.
그렇게, 숱한 날들과 세월을 나를 떠나지 않고 지배할
　　무언가가 실제로 드러낸 모습 앞에서 나는 차라리 그림자
　　하나가 되고 말리라,
오! 아슬아슬한 감정의 균형이여.
깨어날 시간조차 없을 만큼 너무나도 자주 나는 너를
　　꿈꾸었다. 나는 서서 잠을 청하리라, 삶과 사랑의 형체를
　　오롯이 드러낸 저 몸 그리고 너, 오늘 나에게 단 한 명의
　　여인인 너, 첫 입술과 내게 찾아온 누군가의 이마보다 네
　　이마와 네 입술을 나는 덜 만질 수밖에 없으리라.
네 환영과 자주 걷고, 말을 나누고, 함께 잠을 청할 만큼
　　너무나도 자주 나는 너를 꿈꾸었기에, 어쩌면 이제 내게
　　남은 것은 아무것도 없으리라, 그러나 저 환영들 가운데
　　환영이 되는 일 네 삶의 저 해시계 눈금 위로 경쾌하게
　　산책을 하고 다시 산책을 채비할 그림자보다 백 배는 더
　　짙은 그림자가 내게 남겨지리라.

Les espaces du sommeil

Dans la nuit il y a naturellement les sept merveilles du monde et la
grandeur et le tragique et le charme.

Les forêts s'y heurtent confusément avec des créatures de légende
cachées dans les fourrés.

Il y a toi.

Dans la nuit il y a le pas du promeneur et celui de l'assassin et celui
du sergent de ville et la lumière du réverbère et celle de la
lanterne du chiffonnier.

Il y a toi.

Dans la nuit passent les trains et les bateaux et le mirage des pays
où il fait jour. Les derniers souffles du crépuscule et les
premiers frissons de l'aube.

Il y a toi.

Un air de piano, un éclat de voix.

Une porte claque. Un horloge.

Et pas seulement les êtres et les choses et les bruits matériels.

Mais encore moi qui me poursuis ou sans cesse me dépasse.

Il y a toi l'immolée, toi que j'attends.

Parfois d'étranges figures naissent à l'instant du sommeil et
disparaissent.

Quand je ferme les yeux, des floraisons phosphorescentes apparaissent
et se fanent et renaissent comme des feux d'artifice charnus.

잠의 공간들

저 어둠 속에는 당연히 일곱 개의 불가사의와 위대함
    그리고 비극과 매력이 있다.
숲들이 덤불 속에 감추어진 전설의 여인들과 저 어둠 속에
    막연하게 뒤섞여 있다.
거기에 네가 있다.
저 어둠 속에는 산책자의 발자국과 살인자의 그것과 도시
    경찰관의 그것과 가로등의 불빛과 넝마주이 초롱의
    그것이 있다.
거기에 네가 있다.
저 어둠 속에서 날이 밝아 오면 기차와 배 한 무리 그리고
    나라들의 신기루가 지나갈 것이다. 석양의 마지막 숨결
    그리고 새벽을 여는 한기.
거기에 네가 있다.
피아노 아리아 하나, 목소리의 파편 하나.
문 하나가 꽝 닫힌다. 괘종시계 하나.
게다가 단지 인간 존재도 사물들도 물질의 소음만도 아닌.
그러나 나를 쫓거나 끊임없이 나를 넘어서는 저 자아가.
거기에 너 희생당한 너, 내가 기다리는 네가 있다.
잠들려는 순간 이따금씩 낯선 얼굴들이 나타났다가 이내
    사라진다.
내가 두 눈을 감으면, 살 오른 불꽃처럼 빛을 뿜어내는 저
    만개한 꽃들이 모습을 드러내고 시들어 가고 다시

Des pays inconnus que je parcours en compagnie de créatures.

Il y a toi sans doute, ô belle et discrète espionne.

Et l'âme palpable de l'étendue.

Et les parfums du ciel et des étoiles et le chant du coq d'il y a
2000 ans et le cri du paon dans des parcs en flamme et des
baisers.

Des mains qui se serrent sinistrement dans une lumière blafarde et
des essieux qui grincent sur des routes médusantes.

Il y a toi sans doute que je ne connais pas, que je connais au
contraire.

Mais qui, présente dans mes rêves, t'obstines à s'y laisser deviner sans
y paraître.

Toi qui restes insaisissable dans la réalité et dans le rêve.

Toi qui m'appartiens de par ma volonté de te posséder en illusion
mais qui n'approches ton visage du mien que mes yeux clos
aussi bien au rêve qu'à la réalité.

Toi qu'en dépit d'un rhétorique facile où le flot meurt sur les plages,
où la corneille vole dans des usines en ruines, où le bois
pourrit en craquant sous un soleil de plomb,

Toi qui es à la base de mes rêves et qui secoues mon esprit plein
de métamorphoses et qui me laisses ton gant quand je baise ta
main.

태어닌다.

여인들과 함께 내가 두루 돌아다닌 저 알 수 없는 나라들.

거기에 분명 네가 있다, 오! 아름답고 사려 깊은 스파이 여인.

그리고 만져 가늠할 수 있는 저 영혼.

그리고 하늘과 별들의 저 향기와 이천 년 전의 닭 울음소리와
　　공원에서 울부짖는 저 불꽃 같은 공작새들과 키스의
　　세례들.

창백한 불빛 속에서 침울하게 맞잡은 두 손과 깜짝 놀란 길들
　　위에서 삐걱거리고 있는 차축들.

거기에 분명 네가 있다 내가 알지 못하는 너, 아니 내가 알고
　　있는 네가.

그러나 내 꿈에 나타나는, 거기서 제 모습을 드러내지 않고
　　맞춰 보라며 한없이 고집을 피우고 있는 누군가가.

현실에서도 꿈에서도 붙잡을 수 없는 상태로 머물고 있는 너.

환영으로 너를 사로잡으려는 내 의지로 내 것이 될 하지만
　　현실에서나 꿈에서나 오로지 내 감긴 두 눈으로 내
　　얼굴로만 네 얼굴에 다가갈 수 있는 너.

해변 위로 부서지는 저 물결, 폐허가 된 공장에서 하늘로
　　날아오르는 까마귀, 강렬하게 내리쬐는 햇볕 아래
　　삐걱거리며 썩어 가는 나무 같은, 저 손쉬운 미사여구를
　　무릅쓴 너

내 꿈의 토대를 이루고 내 정신을 흔들어 변형된 것들을 가득

Dans la nuit, il y a les étoiles et le mouvement ténébreux de la
mer, des fleuves, des forêts, des villes, des herbes, des poumons
de millions et millions d'êtres.

Dans la nuit il y a les merveilles du mondes.

Dans la nuit il n'y a pas d'anges gardiens mais il y a le sommeil.

Dans la nuit il y a toi.

Dans le jour aussi.

채워 버리고 내기 네 손에 키스를 할 때 내게 장갑을
　남겨 놓는 너.
저 어둠 속에, 별들 그리고 바다의, 강물의, 나무들의, 도시들의,
　풀들의, 수백만 허파의 어두운 움직임이 있다.
저 어둠 속에 세계의 불가사의가 있다.
저 어둠 속에 수호천사들은 있지 않고 잠이 있다.
저 어둠 속 거기에 네가 있다.
낮에도 매한가지로.

Si tu savais

Loin de moi et semblable aux étoiles et à tous les accessoires de la
mythologie poétique,
Loin de moi et cependant présente à ton insu,
Loin de moi et plus silencieuse encore parce que je t'imagine sans
cesse,
Loin de moi, mon joli mirage et mon rêve éternel, tu ne peux pas
savoir.
Si tu savais.
Loin de moi et peut-être davantage encore de m'ignorer et m'ignorer
encore.
Loin de moi parce que tu ne m'aimes pas sans doute ou ce qui
revient au même,
que j'en doute.
Loin de moi parce que tu ignores sciemment mes désirs passionnés.
Loin de moi parce que tu es cruelle.
Si tu savais.
Loin de moi, ô joyeuse comme la fleur qui danse dans la rivière au
bout de sa tige aquatique, ô triste comme sept heures du soir
dans les champignonnières.
Loin de moi silencieuse encore ainsi qu'en ma présence et joyeuse
encore comme l'heure en forme de cigogne qui tombe de haut.
Loin de moi à l'instant où chantent les alambics, l'instant où la mer

네가 알았더라면

내게서 멀리 그리고 별들과 시의 신화를 장식하는 온갖
　　액세서리들과 비슷하게,
내게서 멀리 그리고 너 모르는 사이 그럼에도 나타나는,
내게서 멀리 그리고 내가 끊임없이 너를 상상하기에 여전히
　　더 침묵하고 있는,
내게서 멀리, 내 어여쁜 신기루와 내 영원한 꿈, 너는 알 수
　　없으리.
네가 알았더라면.
내게서 멀리 그리고 분명 나를 전혀 알지 못하거나 아직도
　　나를 알지 못할.
내게서 멀리 왜냐하면 네가 나를 사랑하지 않는 게 분명하기에
　　혹은 똑같은 결론에 이르게 되기에, 그러하리라 내가
　　믿지 않기에.
내게서 멀리 왜냐하면 열렬한 내 욕망을 네가 애써
　　무시하기에.
내게서 멀리 왜냐하면 너는 잔인하기에.
네가 알았더라면.
내게서 멀리, 오 쾌활하구나, 젖은 줄기 끝에 매달려 강가에서
　　춤추는 꽃처럼, 오 서글프구나, 버섯 재배지의 저녁 일곱
　　시처럼.
내게서 멀리 내 앞에서처럼 여전히 말이 없구나 높은 곳에서
　　떨어지는 황새 모양의 저 시간처럼 여전히 쾌활하구나.

silencieuse et bruyante se replie sur les oreillers blancs.

Si tu savais.

Loin de moi, ô mon présent présent tourment, loin de moi au bruit
magnifique des coquilles d'huîtres qui se brisent sous le pas du
noctambule, au petit jour, quand il passe devant la porte des
restaurants.

Si tu savais.

Loin de moi, volontaire et matériel mirage.

Loin de moi c'est une île qui se détourne au passage des navires.

Loin de moi un calme troupeau de bœufs se trompe de chemin,
s'arrête obstinément au bord d'un profond précipice, loin de
moi, ô cruelle.

Loin de moi, une étoile filante choit dans la bouteille nocturne du
poète. Il met vivement le bouchon et dès lors il guette l'étoile
enclose dans le verre, il guette les constellations qui naissent sur
les parois, loin de moi, tu es loin de moi.

Si tu savais.

Loin de moi une maison achève d'être construite.

내게서 멀리 수증기가 노래하는 순간에, 고요하고도 소란힌
　　저 바다가 저 하얀 베개들 위로 접었다 다시 펼쳐지는
　　순간에.
네가 알았더라면.
내게서 멀리, 오 여기 있는 나 지금의 고통이여, 내게서 멀리,
　　동틀 무렵, 레스토랑 문 앞을 지나는 몽유병 환자의
　　발걸음 아래에서 부서지며 내는 저 굴 껍질들의
　　환상적인 소리에.
네가 알았더라면.
내게서 멀리, 자발적이고 물질적인 신기루.
내게서 멀리 그것은 선박들이 지나가다 방향을 바꾸고 마는
　　어떤 섬.
내게서 멀리 온순한 소 떼 길을 잘못 들었네, 깎아 내린
　　벼랑가에서 고집을 부리며 서 있네, 내게서 멀리,
　　오 잔인하구나.
내게서 멀리, 별똥별 하나가 시인의 밤 저 술병 속으로
　　떨어지고 있다. 그는 재빨리 마개를 막는다 그렇게
　　시인이 병에 갇힌 별을 유심히 살펴보는 순간, 그는
　　암벽 위로 탄생하는 별자리를 보고 있구나, 내게서
　　멀리, 너는 내게서 멀리 있구나.
네가 알았더라면.
내게서 멀리 집 한 채가 공사를 마친다.

Un maçon en blouse blanche au sommet de l'échafaudage chante
une petite chanson très triste et, soudain, dans le récipient empli
de mortier apparaît le futur de la maison: les baisers des
amants et les suicides à deux et la nudité dans les chambres
des belles inconnues et leurs rêves même à minuit, et les
secrets voluptueux surpris par les lames de parquet.

Loin de moi,

Si tu savais.

Si tu savais comme je t'aime et, bien que tu ne m'aimes pas, comme
je suis joyeux, comme je suis robuste et fier de sortir avec
ton image en tête, de sortir de l'univers.

Comme je suis joyeux à en mourir.

Si tu savais comme le monde m'est soumis.

Et toi, belle insoumise aussi, comme tu es ma prisonnière.

Ô toi, loin-de-moi, à qui je suis soumis.

Si tu savais.

백색 작업복을 입은 석공 한 명이 비계다리 끝에 올라
　　몹시 슬프고 짧은 노래 한 곡을 부르고 있다 그러더니,
　　별안간, 모르타르 가득 담긴 그릇 안에서 집이 제
　　미래의 모습을 드러낸다: 연인들의 숱한 키스와 동반
　　자살과 방 여기저기 알 수 없는 여인들의 나신과 급기야
　　자정에 꾸는 그들의 꿈들, 그리고 들썩이는 마룻바닥
　　때문에 들키고야 마는 저 관능적인 비밀들.
내게서 멀리,
네가 알았더라면.
네가 알았더라면, 내가 정말로 너를 사랑한 것을, 네가 나를
　　사랑하지 않는다 해도, 내가 정말로 기쁨에 가득하다는
　　걸, 머릿속으로 너의 모습만을 데리고도 내가
　　외출을 하고, 우주에서 벗어나는 걸 자랑스러워하며
　　강인하다는 사실을.
죽어도 좋을 만큼 정말로 내가 기쁘다는 것을.
네가 알았더라면 정말로 이 세계가 내게 복종했다는 사실을.
그리고 그대, 복종하지 않는 아름다운 여인, 정말로 네가
　　나의 포로가 되었다는 사실을.
오 그대여, 내게서 멀리, 내가 복종하는 그대여.
네가 알았더라면.

Comme une main à l'instant de la mort

Comme une main à l'instant de la mort et du naufrage se dresse

comme les rayons du soleil couchant, ainsi de toutes parts

Jaillissent tes regards.

Il n'est plus temps, il n'est plus temps peut-être de me voir,

Mais la feuille qui tombe et la roue qui tourne,

te diront que rien n'est perpétuel sur terre,

Sauf l'amour,

Et je veux m'en persuader.

Des bateaux de sauvetage peints de rougeâtres couleurs,

Des orages qui s'enfuient,

Une valse surannée qu'emportent le temps et le vent durant les longs

espaces du ciel.

Paysages.

Moi, je n'en veux pas d'autres que l'étreinte à laquelle j'aspire,

Et meure le chant du coq.

Comme une main, à l'instant de la mort, se crispe, mon cœur se

serre.

Je n'ai jamais pleuré depuis que je te connais.

J'aime trop mon amour pour pleurer.

Tu pleureras sur mon tombeau,

Ou moi sur le tien.

Il ne sera pas trop tard.

죽음의 순간에 내민 손처럼

죽음과 난파의 순간에 손 하나를 석양의 빛줄기처럼 내뻗듯,
　　그렇게 네 눈길이 사방에서 쏟아져 나온다.
시간이 더는 없다, 어쩌면 나를 볼 수 있는 시간이 더는
　　없을지도 모른다,
그러나 떨어지는 저 나뭇잎과 돌아가는 저 바퀴가,
사랑을 제외하고는,
지상 위 영원한 것은 아무것도 없다고 네게 말해 주리라,
나는 그러하리라고 굳게 믿으려 한다.
불그스름한 색깔로 칠해진 몇 척의 구명선,
점차 잦아들고 있는 폭풍우,
하늘의 저 길쭉한 공간을 누비며 시간과 바람을 쏠고 가는
　　고루한 왈츠 한 곡.
풍경들.
그토록 열망하는 포옹 이외에 나는 다른 것을 바라지 않는다,
그리고 닭이 울음을 터뜨리면 죽으리.
죽음의 순간에, 한 손이 오그라들 듯, 내 심장이
　　조여지리라.
너를 알게 된 이후 나는 단 한 번도 울었던 적이 없다.
울음을 터뜨리기에는 나는 너무 너를 사랑한다.
내 무덤 위에서 네가 눈물을 흘리리라,
네 무덤 위에서 내가 그러하리라.
너무 늦은 것은 아니리라.

Je mentirai. Je dirai que tu fus ma maîtresse.

Et puis vraiment c'est tellement inutile,

Toi et moi, nous mourrons bientôt.

나는 거짓말을 하리라. 나는 네가 나의 애인이었다고 말하리라.
그래 봤자 사실 그건 소용없는 짓이리라,
너와 나, 우리는 이제 곧 죽음을 맞이하리라.

Non, l'amour n'est pas mort

Non, l'amour n'est pas mort en ce cœur et ces yeux et cette bouche
qui proclamait ses funérailles commencées.
Écoutez, j'en ai assez du pittoresque et des couleurs et du charme.
J'aime l'amour, sa tendresse et sa cruauté.
Mon amour n'a qu'un seul nom, qu'une seule forme.
Tout passe. Des bouches se collent à cette bouche.
Mon amour n'a qu'un nom, qu'une seule forme.
Et si quelque jour tu t'en souviens
Ô toi, forme et nom de mon amour,
Un jour sur la mer entre l'Amérique et l'Europe,
À l'heure où le rayon final du soleil se réverbère sur la surface
ondulée des vagues, ou bien une nuit d'orage sous un arbre
dans la campagne, ou dans une rapide automobile,
Un matin de printemps boulevard Malesherbes,
Un jour de pluie,
À l'aube avant de te coucher,
Dis-toi, je l'ordonne à ton fantôme familier, que je fus seul à t'aimer
davantage et qu'il est dommage que tu ne l'aies pas connu.
Dis-toi qu'il ne faut pas regretter les choses: Ronsard avant moi et
Baudelaire ont chanté le regret des vieilles et des mortes qui
méprisèrent le plus pur amour.
Toi quand tu seras morte

그렇지 않다, 사랑은 죽지 않았다

그렇지 않다, 사랑은 죽지 않았다 제 장례식의 시작을
    공표하 는 이 심장과 이 두 눈, 이 입에서는.
그렇다, 나는 그림 같은 경치와 색깔과 매혹에 진력이 났다.
나는 사랑을, 사랑의 부드러움을 그리고 사랑의 잔혹함을
    사랑한다.
내 사랑은 단 하나의 이름을, 단 하나의 형태를 갖고 있다.
모든 것이 지나가고 있다. 입들이 저 입에 바짝 달라붙는다.
내 사랑은 단 하나의 이름을, 단 하나의 형태를 갖고 있다.
그리고 언젠가 그대는 기억하겠지
오 그대, 내 사랑의 형태와 이름이여,
어느 하루 아메리카와 유럽 사이 저 바다 위,
파도가 굽이치는 표면 위로 태양의 마지막 빛이 반사되는
    시간에, 아니면 시골의 어느 나무 아래 폭풍우 치는
    한밤중에, 혹은 날쌘 자동차 안에서,
어느 봄날 아침 말제르브 대로,
비 오는 어느 하루,
그대 잠자리에 들기 전 새벽에,
그대, 그대에게 말하라, 그대의 친숙한 유령에게 내가
    명령하노라, 정말로 그대를 사랑하는 유일한 사람이
    나였다고 그 사실을 그대가 알지 못해서 애석하다고.
그대, 그대에게 말하라, 이런 것들을 애석해하지 말아야
    한다고: 롱사르가 나보다 먼저 그리고 보들레르가 가장

Tu seras belle et toujours désirable.

Je serai mort déjà, enclos tout entier en ton corps immortel, en ton

image étonnante présente à jamais parmi les merveilles

perpétuelles de la vie et de l'éternité, mais si je vis

Ta voix et son accent, ton regard et ses rayons,

L'odeur de toi et celle de tes cheveux et beaucoup d'autres choses

encore vivront en moi,

Et moi qui ne suis ni Ronsard ni Baudelaire,

Moi qui suis Robert Desnos et qui pour t'avoir connue et aimée,

Les vaux bien;

Moi qui suis Robert Desnos, pour t'aimer

Et qui ne veux pas attacher d'autre réputation à ma mémoire sur

la terre méprisable.

순수한 사랑을 경멸했던 늙은 여인들과 죽은 여인들의
  회한을 노래했다는 사실을.
그대 그대가 죽음을 맞이할 때
그대는 아름다울 것이며 여전히 탐스러우리라.
나는 죽어 있을 것이다 벌써, 그대의 저 불멸하는 육체 안에,
  삶과 영원의 끝없는 경이들 가운데 영원히 나타나 내게
  놀라움을 선사할 그대의 모습 안에 오롯이 갇힌 채로,
  하나 내가 살 수 있다면
그대의 목소리와 그 억양, 그대의 눈길과 그 빛들,
그대에게서 나오는 향기와 그대 머리카락의 향기 그리고
  수많은 또 다른 것들도 여전히 내 안에서 살아 있을
  것이다,
롱사르도 보들레르도 아닌 바로 나,
로베르 데스노스인 나 그리고 너를 알았고 사랑했던 나,
그들과 견줄 만한 나
로베르 데스노스인 나, 너를 사랑하기에
그렇게 하찮은 지상에서 또 다른 소문을 내 기억에
  비끄러매기를 원하지 않는 나.

À la faveur de la nuit

Se glisser dans ton ombre à la faveur de la nuit.

Suivre tes pas, ton ombre à la fenêtre.

Cette ombre à la fenêtre c'est toi, ce n'est pas une autre, c'est
toi.

N'ouvre pas cette fenêtre derrière les rideaux de laquelle tu bouges.

Ferme les yeux.

Je voudrais les fermer avec mes lèvres.

Mais la fenêtre s'ouvre et le vent, le vent qui balance bizarrement
la flamme et le drapeau entoure ma fuite de son manteau.

La fenêtre s'ouvre: ce n'est pas toi.

Je le savais bien.

어둠을 틈타

어둠을 틈타 그대의 그림자 속으로 스며들기.
그대 발자국을, 창가 그대의 그림자를 쫓아가기.
창가의 저 그림자, 그건 바로 그대, 다른 사람이 아닌, 바로
    그대.
그대가 움직이고 있는 커튼 뒤 저 창문을 부디 열지 마오.
두 눈을 감아 다오.
내 입술로 그대 두 눈을 감겨 주고 싶구나.
그러나 창문이 열리고 바람이, 저 바람이 불꽃을 요상하게
    흔들어 대고 깃발이 나의 도주를 제 외투로 에워싸는구나.
창문이 열린다: 그대가 아니다.
내가 잘 알고 있는 사실.

3부

어둠의 목소리

Jamais d'autre que toi

Jamais d'autre que toi en dépit des étoiles et des solitudes

En dépit des mutilations d'arbre à la tombée de la nuit

Jamais d'autre que toi ne poursuivra son chemin qui est le mien

Plus tu t'éloignes et plus ton ombre s'agrandit

Jamais d'autre que toi ne saluera la mer à l'aube

quand fatigué d'errer moi sorti des forêts ténébreuses

et des buissons d'orties je marcherai vers l'écume

Jamais d'autre que toi ne posera sa main sur mon front et mes yeux

Jamais d'autre que toi et je nie le mensonge et l'infidélité

Ce navire à l'ancre tu peux couper sa corde

Jamais d'autre que toi

L'aigle prisonnier dans une cage ronge lentement les barreaux de
cuivre vert-de-grisés

Quelle évasion!

C'est le dimanche marqué par le chant des rossignols dans les bois
vert tendre

l'ennui des petites filles en présence d'une cage où s'agite un serin,

tandis que dans la rue solitaire

그대 말고는 그 누구도

그대 말고는 그 누구도 별들과 고독에도 불구하고
밤이 찾아올 무렵 잘려 나가는 나무들에도 불구하고
그대 말고는 그 누구도 자신의 길 바로 나의 것인 그 길을 쫓지
    않으리라
그대가 멀어지면 멀어질수록 그대의 그림자는 길어지고
그대 말고는 그 누구도 새벽에 저 바다에 인사를 건네지
    않으리라
방황하여 지친 나 저 어두운 숲과 쐐기풀 가득한
덤불에서 나와 나는 걸어가리라 거품을 향해
그대 말고는 그 누구도 나의 이마 위로 내 두 눈 위로 제 손을
    얹지 않으리
그대 말고는 그 누구도 그리고 나는 거짓말과 부정(不貞)을
    부인하리라
닻을 올린 이 배 그대는 배의 닻줄을 자를 수 있으리
그대 말고는 그 누구도
새장에 갇힌 독수리가 더께 낀 구리 창살을 천천히
    갉아먹는구나
황홀한 탈주여!
종달새가 지저귀며 푸르고 연한 나무에 흔적을 남긴 일요일
카나리아 한 마리 파닥거리는 새장 앞에 선 저 어린 소녀들의
    권태,
고독한 거리에서 태양이

le soleil lentement déplace sa ligne mince sur le trottoir chaud

Nous passerons d'autres lignes

Jamais jamais d'autre que toi

Et moi seul seul seul comme le lierre fané des jardins de banlieue

seul comme le verre

Et toi jamais d'autre que toi.

뜨거운 도보 위로 제 날씬한 선을 천천히 옮기고 있는 동안의 일
우리는 다른 선들을 지나리라
그대 말고는 그 누구도
그리고 나만 홀로 홀로 홀로 교외 정원들의 저 빛바랜
　　담쟁이처럼
술잔처럼 홀로
그대 그리고 그대 말고는 그 누구도

Identité des images

Je me bats avec fureur contre des animaux et des bouteilles

Depuis peu de temps peut-être dix heures sont passées l'une après

    l'autre

La belle nageuse qui avait peur du corail ce matin s'éveille

Le corail couronné de houx frappe à sa porte

Ah! encore le charbon toujours le charbon

Je t'en conjure charbon génie tutélaire du rêve et de ma solitude

    laisse-moi laisse-moi parler encore de la belle nageuse qui

    avait peur du corail

Ne tyrannise plus ce séduisant sujet de mes rêves

La belle nageuse reposait dans un lit de dentelles et d'oiseaux

Les vêtements sur une chaise au pied du lit étaient illuminés par

    les lueurs les dernières lueurs du charbon

Celui-ci venu des profondeurs du ciel de la terre et de la mer

    était fier de son bec de corail et de ses grandes ailes de crêpe

Il avait toute la nuit suivi des enterrements divergents vers des

    cimetières suburbains

Il avait assisté à des bals dans les ambassades marqué de son

    empreinte une feuille de fougère des robes de satin blanc

Il s'était dressé terrible à l'avant des navires et les navires n'étaient

    pas revenus

Maintenant tapi dans la cheminée il guettait le réveil de l'écume

이미지의 정체성

동물들과 술병들에 맞서 나는 맹렬하게 싸우고 있다
아주 방금 전부터 어쩌면 열 시간이 차례차례 지나갔으리라
산호를 두려워했던 헤엄치는 미인이 오늘 아침 잠에서
　　깨어난다
호랑가시나무로 장식된 산호가 문을 두드린다
아! 아직도 석탄이구나 또 석탄이구나
꿈과 내 고독의 수호신 석탄이여 내 너에게 간청하니 나를
　　내버려 다오 나를 내버려 다오 산호를 두려워했던 저
　　헤엄치는 미인 이야기를 계속할 수 있도록
내 꿈들 이 매혹적인 주제에 더는 폭정을 행사하지 말거라
헤엄치는 미인은 레이스로 촘촘한 새들의 침대에서 휴식을
　　취하고 있었다
옷가지들이 침대 발치 어느 의자 위에서 미광에 석탄이
　　뿜어내는 최후의 미광에 빛을 내고 있었다
그 석탄이 하늘 땅 그리고 바다의 저 깊숙한 곳에서 당도해
　　제 산호 부리와 미망인의 베일로 만든 커다란 자기
　　날개를 자랑스러워했다
그는 밤새 도시 변두리 묘지들을 향해 뿔뿔이 흩어지는
　　장례 행렬을 뒤쫓았다
그는 여러 대사관의 무도회에 참석했다 자기 지문을 남겨
　　놓았다 하얀 새틴 원피스들의 고사리 이파리 모양으로
그는 선박들의 선수부에서 엄청나게 솟아난 바 있었다

et le chant des bouilloires

Son pas retentissant avait troublé le silence des nuits dans les rues

aux pavés sonores

Charbon sonore charbon maître du rêve charbon

Ah dis-moi où est-elle cette belle nageuse cette nageuse qui

avait peur du corail?

Mais la nageuse elle-même s'est rendormie

Et je reste face à face avec le feu et je resterai la nuit durant à

interroger le charbon aux ailes de ténèbres qui persiste à

projeter sur mon chemin monotone l'ombre de ses fumées

et le reflet terrible de ses braises.

Charbon sonore charbon impitoyable charbon.

그리고 선박들은 돌아오지 않았다
이제 벽난로 안에서 숨어 웅크린 채 그는 거품이 깨어나기를
　　주선자늘의 노래를 기다리고 있었다
울려 퍼지며 그의 발걸음이 소리 나는 포도들 저 거리들에서
　　밤의 침묵을 깨뜨린 바 있었다
소리 내는 석탄이여 꿈의 주인 석탄이여 석탄이여
아 내게 말해 다오 저 헤엄치는 미인 산호를 두려워했던 저
　　헤엄치는 여인은 어디에 있는가?
그러나 헤엄치는 여인 자신은 다시 잠에 빠져 버렸구나
나는 불을 마주한 채 머물러 있으리라 그리고 나는 밤 내내
　　머물러 있으리라 단조로운 나의 길 위로 고집스레 제
　　연기의 그림자와 이글거리는 불꽃을 사정없이 비추는
　　저 암흑 날개를 단 석탄을 살펴보면서.
소리 내는 석탄이여 냉혹한 석탄이여 석탄이여

Trois étoiles

J'ai perdu le regret du mal passé les ans.

J'ai gagné la sympathie des poissons.

Plein d'algues, le palais qui abrite mes rêves est un récif et aussi un
territoire du ciel d'orage et non du ciel trop pâle de la
mélancolique divinité.

J'ai perdu tout de même la gloire que je méprise.

J'ai tout perdu hormis l'amour, l'amour de l'amour, l'amour des
algues, l'amour de la reine des catastrophes.

Une étoile me parle à l'oreille:

Croyez-moi, c'est une belle dame

Les algues lui obéissent et la mer elle-même se transforme en robe
de cristal quand elle paraît sur la plage.

Belle robe de cristal tu résonnes à mon nom.

Les vibrations, ô cloche surnaturelle, se perpétuent dans sa chair

Les seins en frémissent.

La robe de cristal sait mon nom

La robe de cristal m'a dit:

« Fureur en toi, amour en toi

Enfant des étoiles sans nombre

Maître du seul vent et du seul sable

Maître des carillons de la destinée et de l'éternité

Maître de tout enfin hormis de l'amour de sa belle

세 개의 별

나는 잃어버렸다 수년을 잘못 지내온 저 후회를.
나는 얻었다 물고기들의 호감을.
해초 가득한, 내 꿈에 피난저를 마련해 줄 궁전은 우수에
　　젖은 신(神)의 몹시 창백한 하늘이 아니라 커다란 암초
　　그리고 격노한 하늘에서 내려온 한 조각 영토.
나는 잃어버렸다 어쨌거나 내가 경멸해 마지않는 영광을.
나는 잃어버렸다 사랑 이외에, 사랑의 사랑을, 해초들의
　　사랑을, 파국 여왕의 저 사랑을.
별 하나가 내 귀에다 대고 말한다:
저를 믿으세요, 아름다운 부인입니다
해초들이 이 여인에게 복종한다 그리고 그녀가 바닷가에
　　모습을 드러낼 때면 바다조차 수정 드레스로 제 모습을
　　바꾼다.
아름다운 수정 드레스 그대가 내 이름에서 울려 나오는구나.
떨림이, 오 초자연적인 종(鐘)이여, 제 살 속에서 영원히
　　울리는구나
젖가슴이 예서 흔들리는구나.
수정 드레스는 내 이름을 알고 있다
수정 드레스는 내게 이렇게 말했다:
"그대 안의 분노, 그대 안의 사랑
숫자 없는 별들의 자식
바람만의 그리고 모래만의 주인

Maître de tout ce qu'il a perdu et esclave de ce qu'il garde encore.

Tu seras le dernier convive à la table ronde de l'amour

Les convives, les autres larrons ont emporté les couverts d'argent.

Le bois se fend, la neige fond.

Maître de tout hormis de l'amour de sa dame.

Toi qui commandes aux dieux ridicules de l'humanité et ne te
sers pas de leur pouvoir qui t'es soumis.

Toi, maître, maître de tout hormis de l'amour de ta belle »

Voilà ce que m'a dit la robe de cristal.

운명과 영원을 울리는 자명종의 주인
결국 제 아름다운 여인의 사랑을 제외한 모든 것의 주인
그가 잃어버린 모든 것의 주인이자 그가 여전히 간직하고
    있는 것의 노예.
그대는 사랑의 저 둥근 테이블에 초대된 마지막 손님일 것이다
초대받은 자들, 다른 도둑들이 은식기 한 벌을 훔쳐 떠났구나.
나무가 쪼개진다, 눈이 녹는다.
제 아내의 사랑을 제외한 모든 것의 주인.
인간이라는 저 우스꽝스런 신들에게 명령을 내리는 그대
    그대는 그대에게 굴복한 그들의 힘을 쓰지 못하리라.
그대, 주인, 아름다운 여인의 사랑을 제외한 모든 것의 주인"
수정 드레스가 나에게 말한 것은 바로 이것이었다.

Littérature

Je voudrais aujourd'hui écrire de beaux vers
Ainsi que j'en lisais quand j'étais à l'école
Ça me mettait parfois les rêves à l'envers
Il est possible aussi que je sois un peu folle

Mais compter tous ces mots accoupler ces syllabes
Me paraît un travail fastidieux de fourmi
J'y perdrais mon latin mon chinois mon arabe
Et même le sommeil mon serviable ami

J'écrirai donc comme je parle et puis tant pis
Si quelques grammairien surgi de sa pénombre
Voulait me condamner avec hargne et dépit
Il est une autre science où je puis le confondre.

문학

내가 학교에 다닐 적 읽었던 것과 같은
아름다운 운문들을 오늘 나는 적어 보려 한다
이 일이 나를 간혹 거꾸로 된 꿈들로 데려간다
마찬가지로 내가 조금 미쳤을 가능성도 농후하다

그러나 운문의 낱말들 세어 보기나 음절들 짝짓기는
내게는 개미나 하는 지루한 작업으로 보인다
나는 거기서 내 라틴어 내 중국어 내 아랍어를 잃어버렸다
더구나 졸음이 나의 절친한 친구가 되어 버렸다

나는 고로 말하듯 글을 써 나갈 것이다 그리고
숨어 있다가 불쑥 나타난 몇몇 문법학자들이 비꼬면서
악의에 가득 차 나를 비난하려 든다면 그건 뭐 어쩔 수 없는 일
나는 다른 문법을 갖고 있어서 그들을 꼼짝 못하게 할 수 있다.

Réveils

Il est étrange qu'on se réveille parfois en pleine nuit
En plein sommeil quelqu'un a frappé à une porte
Et dans la ville extraordinaire de minuit de mi-réveil et de
mi-souvenir
des portes cochères retentissent lourdement de rue en rue

Qui est ce visiteur nocturne au visage inconnu
que vient-il chercher que vient-il espionner
Est-ce un pauvre demandant pain et gîte
Est-ce un voleur est-ce un oiseau
Est-ce un reflet de nous-mêmes dans la glace
Qui revient d'un abîme de transparence
Et tente de rentrer en nous
Il s'aperçoit alors que nous avons changé
que la clef ne fait plus manoeuvrer la serrure
De la porte mystérieuse des corps
Même s'il n'y a que quelques secondes qu'il nous a quitté
au moment troublant où l'on éteint la lumière

Que devient-il alors
Où erre-t-il? souffre-t-il?

깨어남

간혹 한밤중에 깨어나는 것은 이상하다
깊은 잠에 빠져 있을 때 누군가 문을 두드렸다
그러자 반쯤 깨어난 그리고 반쯤 기억이 돌아온 자정의 저
    황홀한 도시에서
차가 드나들 수 있는 문들이 거리에서 거리로 육중하게 소리를
    울려 낸다

모르는 얼굴 저 한밤의 방문자는 대관절 누구인가
무얼 찾으러 오는가 무얼 감시하러 오는가
빵이나 제 묵을 곳이 필요한 가난뱅이인가
도둑인가 새인가
거울 속 우리 자신의 모습인가
누가 저 투명한 심연에서 되돌아와
우리 안으로 들어오려 시도를 하고 있는가
그는 알아차린다 열쇠가 더는
몸들의 저 신비한 문의 자물쇠를
조작할 수 없도록 바꾸어 놓았다는 사실을
고작해야 불이 꺼진 저 혼란스런 순간에
그가 우리를 떠나간 저 몇 초만이 있었건만

그러니 그는 무엇이 될 것인가
그는 어디를 헤매고 다니는 것일까? 그는 고통스러워하는가?

Est-ce là l'origine des fantômes?

l'origine des rêves?

la naissance des regrets?

Ne frappe jamais plus à ma porte visiteur

Il n'y a pas place à mon foyer et dans mon coeur

Pour les anciennes images de moi-même

Peut-être me reconnais-tu

moi je ne saurai jamais te reconnais-tu

바로 여기가 유령들의 출처인 것일까?
꿈들의 기원?
후회의 단생?

방문자여 내 문을 다시는 두드리지 말거라
내 집과 내 가슴속에는 나 자신의
낡은 초상을 위해 마련된 자리가 없다
어쩌면 너는 나를 알아볼 수도 있으리라
나는 결코 네가 알아보는 것을 알지 못하리라

Les grands jours du poète

Les disciples de la lumière n'ont jamais inventé que des ténèbres
peu opaques.

La rivière roule un petit corps de femme et cela signifie que la
fin est proche.

La veuve en habits de noces se trompe de convoi.

Nous arriverons tous en retard à notre tombeau.

Un navire de chair s'enlise sur une petite plage. Le timonier invite
les passagers à se taire.

Les flots attendent impatiemment Plus Près de Toi ô mon Dieu!

Le timonier invite les flots à parler. Ils parlent.

La nuit cachette ses bouteilles avec des étoiles et fait fortune
dans l'exportation.

De grands comptoirs se construisent pour vendre des rossignols.
Mais ils ne peuvent satisfaire les désirs de la Reine de Sibérie
qui veut un rossignol blanc.

Un commodore anglais jure qu'on ne le prendra plus à cueillir
la sauge la nuit entre les pieds des statues de sel.

À ce propos une petite salière Cérébos se dresse avec difficulté
sur ses jambes fines. Elle verse dans mon assiette ce qu'il
me reste à vivre.

De quoi saler l'Océan Pacifique.

Vous mettrez sur ma tombe une bouée de sauvetage.

시인의 위대한 날들

계몽의 계승자들은 고작해야 전혀 어둡지 않은 어둠만을
　　발명했을 뿐이다.
강물이 어느 여인의 작은 몸을 감아 흐르고 있다 그리고
　　이것은 종말이 다가왔음을 의미한다.
신부 옷을 차려입은 과부는 행렬을 착각하고 있다.
우리는 모두 우리의 무덤에 늦게 도착하리라
살덩이 배 한 척이 작은 해변에 붙들려 빠져나가지 못한다.
　　키잡이가 여행자들에게 입을 다물라고 권고를 한다.
파도가 조바심을 내며 기다린다 너에게 더 가까이 가기를 오
　　하느님 맙소사!˙
키잡이가 파도들에게 말하라고 권고한다. 파도들이 말을 한다.
밤이 제 술병들을 별들로 봉인한다 그리고 수출하여 돈을 번다.
꾀꼬리를 팔기 위해 커다란 계산대들이 만들어진다. 하지만
　　그것으로는 흰 꾀꼬리를 원하는 시베리아 여왕의 욕망을
　　만족시킬 수 없다.
영국의 어느 해군 준장은 소금 조각상의 두 다리 사이에 핀
　　샐비어 꽃을 더 따는 일은 없을 거라고 맹세를 한다.
이와 관련되어 작은 소금 단지 세레보스가 가는 제 두 다리
　　위로 힘겹게 몸을 일으킨다. 그녀는 내 여생만큼의

˙ 구약성서 「창세기」 중 야곱의 사다리 사건과 유명한 찬송가 「내 주를
가까이 하게 함은」을 패러디한 구절.

Parce qu'on ne sait jamais.

나날들을 내 접시에 부어 준다
무엇으로 저 태평양을 짜게 만들 것인가.
그대 내 무덤 위에 구명 튜브 하나 올려놓으시라.
결코 알 수 없기에.

La voix

Une voix, une voix qui vient de si loin
Qu'elle ne fait plus tinter les oreilles,
Une voix, comme un tambour, voilée
Parvient pourtant, distinctement, jusqu'à nous.
Bien qu'elle semble sortir d'un tombeau
Elle ne parle que d'été et de printemps.
Elle emplit le corps de joie,
Elle allume aux lèvres le sourire.

Je l'écoute. Ce n'est qu'une voix humaine
Qui traverse les fracas de la vie et des batailles,
L'écroulement du tonnerre et le murmure des bavardages.

Et vous? Ne l'entendez-vous pas?
Elle dit "La peine sera de courte durée"
Elle dit "La belle saison est proche."

Ne l'entendez-vous pas?

목소리

목소리 하나, 저 멀리서 당도한 목소리 하나
귓가에 더 이상 울리지 않는다,
북소리 같은, 감추어진, 목소리 하나가,
그럼에도, 또렷이, 우리에게 도착한다.
그 목소리 무덤에서 나온 듯해도
그 목소리 오로지 여름과 봄을 이야기할 뿐이다.
그 목소리 기쁨으로 육신을 가득 채워 주고,
그 목소리 입술에 미소의 불을 밝혀 놓는다.

그 목소리 나는 듣는다. 오로지 그것은 저 요란한
삶과 전쟁터를, 부서지는 천둥소리와 속닥거리는 수다를
가로질러 당도한 인간의 목소리이리라.

당신은? 이 목소리가 당신에게 들리지 않나요?
목소리는 말한다 "고통은 짧게 지나갈 겁니다"
목소리는 말한다 "아름다운 시절이 머지않았습니다."

이 목소리가 당신에게 들리지 않나요?

Sommeil de Robert Desnos, le 22. septembre, 1922

(Desnos s'endort une seconde fois dans la soirée du 28 septembre.

Ecriture spontanée: *umidité* (sic) puis mot illisible.

Je connais un repère bien beau.

On lui ordonne à ce moment d'écrire un poème.)

Nul n'a jamais conquis le droit d'entrer en maître

Dans la ville concrète où s'accouplent les dieux

Ils voudraient inventer ces luxures abstraites

Et des plantes doigts morts au centre de nos yeux

Cœur battant nous montons à l'assaut des frontières

Les faubourgs populeux regorgent de champions

Remontons le courant des nocturnes artères

Jusqu'au cœur impassible où dormirons nos vœux

1922년 9월 22일, 최면에 빠진 로베르
데스노스

(데스노스는 9월 28일 저녁 다시 한번 최면에 빠지게 될
 것이다.
즉흥석인 글쓰기: 습기 (원문 그대로 표기함) 그리고 판독할
 수 없는 낱말
나는 아주 아름다운 좌표 하나를 안다.
이 시점에 우리는 그에게 시 한 편을 적어 보라고 지시한다.*)

그 누구도 주인의 자격으로 들어갈 권리를 갖지 못한
현실적인 도시에서 신들이 교미를 하고 있다
그들은 우리들의 눈 한가운데서 추상적인 호색과 음란
그리고 식물들 죽은 손가락들을 창조해 내려 고심한다

쿵쾅거리는 심장이 우리에게서 차올라 오고 국경의 습격에
사람들로 바글거리는 마을들은 투사들로 넘쳐 난다
한밤의 저 혈류들을 우리들의 맹세가 잠을 자고 있는
저 태연한 심장까지 다시 차오르게 하자

---

* "조금 지나 최면에서 깨어난 데스노스는 작품의 진짜 인물에 대해
모든 것을 문학 잡지《리테라튀르(Littérature)》에 싣고 싶다며, 이 작품을
프랑시스 피카비아(Francis Picabia)에게 헌정하고 싶다."고 밝힌 바 있다.
Robert Desnos, *Nouvelle Hébrides et autres textes 1922-1930*, Editions établie
présentée et annotée par Marie-Claire Dumas, Gallimard, 1978. p. 153.

Ventricule drapeau clairon de ces pays

L'enfant gâté par l'amour des autruches

Au devoir de mourir n'aurait jamais failli

Si les cigognes bleues se liquéfiaient dans l'air

Tremblez tremblez mon poing (dussé-je avaler l'onde)

A fixé sur mon ventre un stigmate accablant

et les grands cuirassés jettent en vain leur sonde

aux noyés accroupis au bord des rochers blancs.

심방(心房) 깃발 이 나라들의 나팔
푸른 황새들이 공기 속으로 액체가 되어 누기 시자하면
타조들의 사랑으로 버릇이 나빠진 아이가
죽어야 하는 제 임무에서 실패하는 일은 없으리라

떨어라 떨어라 내 주먹이여 (나는 물결을 삼켜야만 했었던가)
성가신 흉터 하나가 내 아랫배 위에 찍혀 있다
그리고 거대한 장갑함 여럿이 하얀 바위들 가장자리에
웅크린 저 익사한 사람들에게 헛되이 측량기를 던지고 있다

Ce cœur qui haïssait la guerre…

Ce cœur qui haïssait la guerre voilà qu'il bat pour le combat et la
    bataille!
Ce cœur qui ne battait qu'au rythme des marées, à celui des saisons,
    à celui des heures du jour et de la nuit,
Voilà qu'il se gonfle et qu'il envoie dans les veines un sang brûlant
    de salpêtre et de haine.
Et qu'il mène un tel bruit dans la cervelle que les oreilles en sifflent
Et qu'il n'est pas possible que ce bruit ne se répande pas dans la
    ville et la campagne
Comme le son d'une cloche appelant à l'émeute et au combat.
Écoutez, je l'entends qui me revient renvoyé par les échos.
Mais non, c'est le bruit d'autres cœurs, de millions d'autres cœurs
    battant comme le mien à travers la France.
Ils battent au même rythme pour la même besogne tous ces cœurs,
Leur bruit est celui de la mer à l'assaut des falaises
Et tout ce sang porte dans des millions de cervelles un même mot
    d'ordre:

전쟁을 증오했던 이 마음이……

전쟁을 증오했던 이 심장이 이제 투쟁과 전투를 위해
    두근거리기 시작한다!
오로지 밀물과 썰물의 리듬에, 사계절의 그것에, 밤과 낮 저
    시간들의 그것에 맞추어서 뛰놀던 이 심장이,
이제 화약으로 증오로 불타오르는 피를 혈관으로 보내고
    터질 듯이 부풀어 오른다.
이제 소리를 하나 머릿속으로 보내고 두 귀는 휘파람을
    불어 이 소리를 알린다
이제 이 소리가 도시와 시골로 퍼지지 않으리라는 것은
    가당치도 않다
봉기와 투쟁을 알리는 종소리처럼.
들어 보아라, 나는 메아리로 내게 되돌아오는 그 소리를
    듣고 있다.
아니다 그게 아니다, 그것은 또 다른 심장들이 뛰는 소리,
    나의 그것처럼 프랑스 전역을 울리는 수백만의 또 다른
    심장들이 뛰는 소리다.
이 모든 심장들이 똑같은 리듬에 똑같은 사명감을 갖고 뛰고
    있다,
이 심장의 소리는 절벽을 향해 돌진하는 바다 소리와도 같다
그리고 이 모든 혈기가 수백만 사람들의 뇌에 한결같은 명령을
    내린다:
히틀러에 맞서 투쟁을 나치에게는 죽음을!

Révolte contre Hitler et mort à ses partisans!

Pourtant ce cœur haïssait la guerre et battait au rythme des saisons,

Mais un seul mot: Liberté a suffi à réveiller les vieilles colères

Et des millions de Français se préparent dans l'ombre à la besogne que l'aube proche leur imposera.

Car ces cœurs qui haïssaient la guerre battaient pour la liberté au rythme même des saisons et des marées, du jour et de la nuit.

그러나 이 심장은 전쟁을 증오하였고 사계절의 리듬에 맞춰
　두근거렸나,
그러나 단 하나의 낱말: 자유는 낡은 분노를 잠에서 깨어나게
　하는 데 충분했다.
그리고 수백만의 프랑스인들은 새벽이 가져다줄 저 사명감의
　그늘 아래서 각오를 다지고 있다.
왜냐하면 전쟁을 증오했던 이들의 심장이 사계절과 밀물과
　썰물, 낮과 밤의 리듬에 맞추었을 때조차 자유를 위해
　뛰고 있었기 때문이다.

4부

누워서

Couchée

À droite, le ciel, à gauche, la mer.

Et devant les yeux, l'herbe et ses fleurs.

Un nuage, c'est la route, suit son chemin vertical

Parallèlement à l'horizon de fil à plomb,

Parallèlement au cavalier.

Le cheval court vers sa chute imminente

Et cet autre monte interminablement.

Comme tout est simple et étrange.

Couchée sur le côté gauche,

Je me désintéresse du paysage

Et je ne pense qu'à des choses très vagues,

Très vagues et très heureuses,

Comme le regard las que l'on promène

Par ce bel après-midi d'été

À droite, à gauche,

De-ci, de-là,

Dans le délire de l'inutile.

누워서

오른쪽에는, 하늘, 왼쪽에는, 바다.
그리고 두 눈 앞에느, 풀과 그 꽃들.
구름 한 점, 그것은 도로, 납추를 매단
수평선과 나란히, 기마병과 나란히
가로 세운 길 하나를 쫓고 있다.
임박한 추락을 향해 말은 달려갈 것이다
그렇게 말은 한없이 솟구쳐 오르리라.
모든 것이 단순하고 기이하구나.
왼쪽으로 모로 누워서,
나는 풍경에서 관심을 거둬들인다
그리고 나는 아주 막연한 것들만을 생각한다,
아주 막연하고 아주 행복한 것들을,

오른쪽으로, 왼쪽으로,
이곳으로, 저곳으로,
쓸모없는 것들의 헛소리 속에서
여름 이 아름다운 오후를 따라
산책하는 진력난 눈길처럼.

Dans un petit bateau

Dans un petit bateau
Une petite dame
Un petit matelot
Tient les petites rames

Ils s'en vont voyager
Sur un ruisseau tranquille
Sous un ciel passager
Et dormir dans une île

C'est aujourd'hui Dimanche
Il fait bon s'amuser
Se tenir par la hanche
Échanger des baisers

C'est ça la belle vie
Dimanche au bord de l'eau
Heureux ceux qui envient
Le petit matelot.

어느 조그만 배에

어느 조그만 배에
키 작은 부인 하나
키 작은 뱃사람 하나가
조그만 노를 잡고 있다

그들은 여행을 떠나려 한다
고요한 어느 냇가 위에서
덧없는 어느 하늘 아래에서
그리고 어느 섬에서 잠들려 한다

오늘은 바로 일요일
허벅지를 서로 포개고
키스를 주고 또 받고
즐기기에 좋은 날

아름다운 삶은 바로 이런 것
물가의 저 일요일
키 작은 선원을 부러워하며
행복에 젖은 사람들.

La grenouille aux souliers percés

La grenouille aux souliers percés
A demandé la charité
Les arbres lui ont donné
Des feuilles mortes et tombées.

Les champignons lui ont donné
Le duvet de leur grand chapeau.

L'écureuil lui a donné
Quatre poils de son manteau

L'herbe lui a donné
Trois petites graines.

Le ciel lui a donné
Sa plus douce haleine.

Mais la grenouille demande toujours,
Demande encore la charité
Car ses souliers sont toujours,
Sont encore percés.

구멍 뚫린 신발 신은 개구리

구멍 뚫린 신발 신은 개구리가
자비를 베풀어 달라고 부탁했어요
나무들이 떨어진 낙엽과
마른 잎사귀를 개구리에게 주었어요.

버섯들이 자기들 커다란 모자의
솜털을 개구리에게 주었어요.

다람쥐가 제 외투의 털 네 개를
뽑아 개구리에게 주었어요

풀이 조그만 씨앗 세 개를
개구리에게 주었어요.

하늘이 아주 부드러운 입김을
개구리에게 주었어요.

하지만 개구리는 항상 부탁을 한답니다,
여전히 자비를 베풀어 달라고 부탁합니다
자기 신발이 늘 그대로이고,
여전히 구멍이 뚫려 있기 때문이라네요.

Le zèbre

Le zèbre, cheval des ténèbres,
Lève le pied, ferme les yeux
Et fait résonner ses vertèbres
En hennissant d'un air joyeux.

Au clair soleil de Barbarie,
Il sort alors de l'écurie
Et va brouter dans la prairie
Les herbes de sorcellerie.

Mais la prison sur son pelage,
A laissé l'ombre du grillage.

얼룩말

얼룩말, 어둠의 말,
다리를 치켜 드네요, 두 눈은 감네요
즐거운 표정을 지으며 등에서
길게 울음소리를 내고 있네요.

바르바리아의 밝은 햇살 아래,
얼룩말 우리에서 나와
마법의 풀을 뜯어먹으러
초원으로 갈 채비를 꾸려요.

그런데 쇠창살 그림자가 얼룩말 털 위로,
감옥의 흔적을 남겨 놓았네요.

Papier buvard

1

La vie est un 'bobin' de fil
J'ai eu treize ans au mois d'avril
Et je me sens vieillir très vite
Mais on m'appelle ma petite,
  Une petite?
On me donne encore des bonbons
Et je peux entrer au salon
Mais j'ai gardé mes habitudes,
Je n'aime pas la solitude
Car je voudrais rester toujours
  Petite fille.
Jouer à la corde dans la cour,
  Ou bien aux billes.
C'est si bon de désobéir.
Ah! cela m'ennuie de vieillir!

J'aime boire de l'encre
Et manger du papier buvard
  C'est bon, c'est doux,
  C'est rose et mou.
J'aime boire de l'encre

압지(押紙)

1

인생은 '실 감기'인가 봐요
사월에 저는 열세 살이 되었어요
정말 빨리 늙는다는 걸 느끼고 있어요
하지만 어른들은 저를 꼬맹이라고 불러요,
　　　꼬맹이라고요?
어른들은 아직도 저에게 사탕을 주세요
저는 클럽에도 들어갈 수 있어요
그렇지만 저는 평소처럼 했어요,
저는 고독을 좋아하지 않는데
항상 그대로 있기를 바라기 때문이에요
　　　소녀로요.
마당에서 줄넘기를 하거나
　　　구슬치기를 해요.
복종하지 않는 거 아주 달콤해요.
아! 늙는 건 짜증 나고요!

잉크를 마시는 걸 좋아해요
그리고 압지 먹는 것도요
　　　맛있어요, 부드러워요,
　　　달콤해요 말랑말랑해요.
잉크를 마시는 걸 좋아해요

Et manger du papier buvard.

Cela sèche toute la bouche

Et ça agace les dents

Ça fait rêver d'un rêve ardent

    Et farouche!

On oublie tout, on est heureuse

La vie est merveilleuse

Et droite comme un boulevard

En mangeant du papier buvard.

2

Adieu poupée, adieu leçons

Il va falloir fair' des façons.

Le mois prochain je serai vieille

On m'appell'ra Mademoiselle,

    Mademoiselle?

On m'emmèn'ra danser au bal

Je pourrai sans faire de mal

Mettre du rouge et fair' des choses,

On me donn'ra des bouquets d'roses.

Ça m'ennuiera j'aim' pas les fleurs

    Ni le rouge à lèvres.

그리고 압지 먹는 것도요
그러면 입이 완전히 말라 버려요
그리고 이빨이 시큰거려요
화끈거리고 낯선 꿈을
　　꾸게 해 줘요!
모든 걸 잊을 수 있어요, 그래서 행복해요
압지를 먹을 때면
인생은 아주 멋져요
큰 길처럼 뻗어 있어요

2
인형도 빠이빠이, 수업도 빠이빠이
의젓해져야 할 것만 같아요.
다음 달에 저는 늙게 될 거예요
어른들은 저를 마드무아젤이라 부르겠죠,
　　마드무아젤?
춤을 추자며 누군가 저를 무도회에 데려가겠죠
저는 아무런 어려움 없이
빨간색 화장도 야한 짓도 할 수 있어요,
누군가 저에게 장미꽃 다발을 선사하겠죠.
꽃도 빨강 립스틱도 그닥 좋아하지 않는 저는
　　짜증을 내겠죠.

J'ai mal aux dents, j'ai mal au cœur
    Et j'ai la fièvre.
Cette vie est triste à mourir
Ah! cela m'ennuie de vieillir.

이빨이 아파요, 가슴이 아파요
　　게다가 열도 나요.
죽어야만 하는 인생이 슬퍼요
아! 늙는 건 짜증 나요!

Les quatre sans cou

Ils étaient quatre qui n'avaient plus de tête,
Quatre à qui l'on avait coupé le cou,
On les appelait les quatre sans cou.

Quand ils buvaient un verre,
Au café de la place ou du boulevard,
Les garçons n'oubliaient pas d'apporter des entonnoirs.

Quand ils mangeaient, c'était sanglant,
Et tous quatre chantant et sanglotant,
Quand ils aimaient, c'était du sang.

Quand ils couraient, c'était du vent,
Quand ils pleuraient, c'était vivant,
Quand ils dormaient, c'était sans regret.

Quand ils travaillaient, c'était méchant,
Quand ils rôdaient, c'était effrayant,
Quand ils jouaient, c'était différent,

Quand ils jouaient, c'était comme tout le monde,
Comme vous et moi, vous et nous et tous les autres,

목 없는 사총사

그들은 머리가 없는 사총사였다,
누군가 목을 잘라 버린 사총사,
그들을 목 없는 사총사라 불렀다.

광장이나 대로의 카페에서,
그들이 술 한 잔 들이켤 때면,
종업원들은 잊지 않고 깔때기를 가져다주었다.

그들이 식사를 할 때, 피로 흥건했고,
넷 모두 노래를 부르며 흐느껴 울었고,
그들이 사랑을 할 때, 그것은 바로 피였다.

그들이 달음질을 할 때, 바람과 같았고,
그들이 눈물을 흘릴 때, 생생했고,
그들이 잠을 청할 때, 후회하는 법이 없었다.

그들이 활동을 할 때, 사나왔고,
그들이 돌아다닐 때, 소름이 끼쳤고,
그들이 장난을 칠 때, 남달랐고,

그들이 장난을 칠 때, 모든 사람들,
당신과 나, 당신과 우리 그리고 나머지 모두와 같았고,

Quand ils jouaient, c'était étonnant.

Mais quand ils parlaient, c'était d'amour.
Ils auraient pour un baiser
Donné ce qui leur restait de sang.

Leurs mains avaient des lignes sans nombre
Qui se perdraient parmi les ombres
Comme des rails dans la forêt.

Quand ils s'asseyaient, c'était plus majestueux que des rois
Et les idoles se cachaient derrière leur croix
Quand devant elles ils passaient droits.

On leur avait rapporté leur tête
Plus de vingt fois, plus de cent fois,
Les ayant retrouves à la chasse ou dans les fêtes,

Mais jamais ils ne voulurent reprendre
Ces têtes où brillaient leurs yeux,
Où les souvenirs dormaient dans leur cervelle.

그들이 장난을 칠 때, 놀라움을 주었다.

하지만 그들이 이야기를 할 때, 사랑에 관한 것이었다.
단 한 번의 입맞춤을 위해 그들은
그들에게 피로 남겨진 것을 주어야만 했는지도 모른다.

그들의 두 손은 숲속의 철길과 같이
환영 속에서 서서히 사라지고야 말
헤아릴 수 없는 줄들을 붙잡고 있었다.

그들이 무언가를 도모할 때면, 어느 왕보다 위엄이 있었다
그리고 그들이 우상들 앞을 꼿꼿이 지나갈 때면
우상들은 자신의 십자가 뒤로 제 몸을 숨겼다.

사냥에서건 축제에서건 되찾게 해 주려고
사람들은 스무 번도 넘게, 백 번도 넘게
그들의 머리를 그들에게 가져다주었다,

그러나 뇌수에 추억이 잠자고 있던,
두 눈이 빛을 뿜어내던 그 머리를
그들은 결코 다시 취하는 법이 없었다.

Cela ne faisait peut-être pas l'affaire

Des chapeliers et des dentistes.

La gaîté des uns rend les autres tristes.

Les quatre sans cou vivent encore, c'est certain,

J'en connais au moins un

Et peut-être aussi les trois autres,

Le premier, c'est Anatole,

Le second, c'est Croquignole,

Le troisième, c'est Barbemolle,

Le quatrième, c'est encore Anatole.

Je les vois de moins en moins,

Car c'est déprimant, à la fin,

La fréquentation des gens trop malins.

그건 어쩌면 모자 만드는 이나 이빨 고치는 이가
할 수 있는 일은 아니었으리라.
한 무리의 쾌활함이 다른 무리를 슬픔에 젖게 한다.

목 없는 사총사는 아직 살아 있다, 그건 확실한 사실,
나는 적어도 그들 중 한 명을 알고 있다
아니 어쩌면 나머지 셋도,

첫째는, 바로 아나톨,
둘째는, 바로 크로키뇰,*
셋째는, 바로 바르브몰,**
넷째는, 다시 또 아나톨.

이들이 점점 덜 보인다,
지나치게 영리한 사람들을 자주 만나는 건,
결국 김새고 맥 빠지는 것이기 때문이리라.

---

* Croquignole : (상대의 코나 머리를) 손가락으로 튕기는 장난.
** Barbemolle : '수염(barbe)'과 '말랑말랑한(mou)'의 합성어.

1900년   7월 4일 파리에서 출생하다. 대여섯 살 때부터 그림에 재능을 보이다. 열두 살이 되던 해 환상의 세계를 독특한 색채로 담아내고 형태를 그림으로 표현하기 시작하다. 빅토르 위고의 『레 미제라블』과 샤를 보들레르의 『악의 꽃』을 탐독했으며, 에밀 가보리오, 외젠 쉬, 쥘 베른 등 대중 소설에 관심을 보이다.

1916년   문학에 전념하기 위해 부모의 반대에도 불구하고 학교를 자퇴하다. 생계를 위해 약국 점원, 장사 등 온갖 직업을 마다하지 않다. 소책자를 번역하고 저널리즘, 광고 등 대중적인 글을 쓰기 시작하다. 1차 세계대전이 가져온 학살과 만행에 저항하는 젊은이들과 자주 회합하다. 1918년경부터 본격적으로 시를 쓰기 시작하다.

1919년   저널리스트이자 작가였던 장 드 봉풍의 사무실에서 비서로 일하다. 소책자나 광고 전단에 실릴 시를 쓰다. 뱅자맹 페레와 만나 교류하면서 다다이즘의 세계를 발견하다.

1920년   보병 부대에 배속되어 하사로 복무하던 중 첫 작품 「아르고 선(船) 영웅들의 화장(化粧)(Le fard des Argonautes)」이 아방가르드 잡지 《하이픈(Le trait d'union)》에 실리다.

1922년   앙드레 브르통이 주관한 잡지 《리테라튀르(Littérature)》에 작품을 기고하여 실린 후, 최면술 회합에 참여하게 되면서 초현실주의 활동을 전개하다. 화가 프랑시스 피카비아, 루이 아라공, 레몽 라디게, 필립 수포, 트리스탕 차라, 블레즈 상드라르, 폴 엘뤼아르, 로제 비트락 등 초현실주의 문화 예술 운동을 이끌었던 당대 작가들과 함께 활동하기 시작하다. 누구보다도 뛰어난 재능을 드러내며 최면 상태에서 자동기술법을 실천하다. 이 경험을 바탕으로 시집

『로즈 셀라비(Rose Sélavy)』를 출간하다.

1924년　초현실주의자들의 회합에 참여하여 꾸준히 작품을 발표하다. 여배우이자 가수 이본 조르주(Yvonne George)를 만나다. 시집 『애도를 위한 애도(Deuil pour deuil)』를 발표하다.

1926년　초현실주의자들의 요새라 불리던 파리 몽파르나스가에 위치한 화가 앙드레 마송의 옛 아틀리에에 정착하여 운동에 적극적으로 참여하다. 앙드레 브르통, 루이 아라공, 자크 프레베르, 레이몽 크노, 호인 미로 등 몽파르나스가에 기거한 예술가들과 적극적으로 교유하다. 이본에게 바친 사랑의 열정을 바탕으로 시집 『알 수 없는 여인에게(Á la mystérieuse)』를 출간하다. 《르 수아(Le Soir)》 신문의 기자가 되다.

1927년　《파리-마탱(Paris-Matin)》 신문의 기자로 활동하다. 대다수 초현실주의자들과는 반대로 공산당에 가입하지 않다. 시집 『어둠들(Ténébres)』과 시적 산문 『자유냐 사랑이냐!(La Liberté ou l'amour!)』를 출간하다.

1928년　데스노스의 시와 그의 시나리오를 바탕으로 만 레이가 영화 「바다의 별(L'étoile de la mer)」을 완성하다. 화가 후지타 쓰쿠하루와 그의 아내 유키(Youki)를 만나다. 데스노스는 그녀를 '세이렌'이라 부르다.

1929년　초현실주의 강령과 규율에 엄격했던 브르통이 생계를 위해 지속적으로 늘려 갔던 데스노스의 신문 기고와 자유로운 작품 활동에 반대하여 초현실주의 그룹에서 제명되다.

1930년　초현실주의자들과 절교를 선언하다. 시집 『송두리째(Corps et Biens)』를 출간하다. 이본 조르주가 사망하다. 경제적 어려움으로 가구점 점원으로 일하면서 밤새워 신문 기사를 열정적으로 쓰다. 유키에 관한 시를 다수 집필하다.

1931년　후지타가 일본으로 돌아간 이후 유키와 동거를 시작하다.

『시라무르(Siramour)』를 출간하다.

1933년   방송 작가로 일하며 라디오 광고를 제작하는 등 대중문화
          기획자이자 작가로 다방면에서 재능을 떨치다. 파리
          라디오의 전파를 탄 「팡토마스의 위대한 애가(哀歌)(La
          Grande complainte de Fantômas)」가 대중적으로 크게 성공을
          거두다. 이후 전쟁이 발발하기 전까지 방송 작가로 명성을
          떨치다.

1934년   『목 없는 자들(Les Sans cou)』을 출간하다.

1936년   『두드리는 문들(Les Portes battantes)』을 출간하다.

1940년   2차 세계대전 발발과 더불어 군에 입대하다. 포로가
          되었으나 1차 세계대전 휴전 기념일에 석방되다.

1942년   시집 『행운(Fortunes)』을 출간하다. 레지스탕스 운동에
          가담하다.

1943년   중독과 환각을 다룬 『술병을 따다(Le vin est tiré)』와 시집
          『각성 상태(État de veille)』, 동시집 『착한 아이들을 위한 서른
          개의 노래 이야기(Trente Chantefable pour les enfants sages)』를
          출간하다.

1944년   게슈타포에 의해 체포되어 아우슈비츠 수용소에 수용되다.
          피카소의 판화가 삽입된 시집 『고장(Contrée)』이 출간되다.

1945년   체코슬로바키아의 테레지엔슈타트 수용소에 수감되다.
          5월 소련군에 의해 해방되었으나 같은 해 6월 수용소에서
          티푸스로 사망하다.

초현실주의 운동을 이끌었던 로베르 데스노스는
짧은 생을 살다 갔지만 많은 작품을 남겼다.

자유로운 영혼, 사랑의 언어

조재룡

> 로베르 데스노스는 책을 펼쳐놓고 자기 내면을
> 읽으며, 제 삶의 바람을 타고 날아오르는 저
> 종잇장들을 붙잡으려 아무것도 하지 않는다.
> ─ 앙드레 브르통[1]

초현실주의의 일인자

20세기가 열린 해에 파리에서 태어난 로베르 데스노스는
어려서부터 그림과 문학에 남다른 재능을 보였으며 독서에
있어서 경계를 짓지 않았다. 열여섯이 되던 해 문학에 전념하기
위해 부모의 반대에도 불구하고 학교를 자퇴한 그는, 소책자를
번역하거나 저널리즘이나 광고를 위시한 대중적인 글을 써서 제
생계를 꾸려 나갔다. 데스노스는 이외에 온갖 자질구레한 일들을
하면서도 글을 놓지 않았다. 독학을 통해 문화의 저변들을
넓혀 나갔고, 상상력을 마음껏 펼쳤던 그는 자유롭다고밖에
말할 수 없는 문화 예술의 다양한 영역들을 글이나 그림으로,
더러 만화나 광고 문구로 표현해 내면서 하나씩 섭렵해 나갔다.
학교에서 가르치는 고리타분한 문학이나 판에 박힌 예술은 벌써
그에게 비판의 대상이었다.

그러나 운문의 낱말들 세어 보기나 음절들 짝짓기는

---

1) André Breton, *Œuvres complètes*, Gallimard, 1988, p. 331.

내게는 개미나 하는 지루한 작업으로 보인다
나는 거기서 내 라틴어 내 중국어 내 아랍어를 잃어버렸다
더구나 졸음이 나의 절친한 친구가 되어 버렸다
──「문학」에서

　1922년에 앙드레 브르통이 이끌던 초현실주의 그룹에
합류한 데스노스는 '자동기술(écriture automatique)'과 최면 실험을
필두로 활발한 활동을 전개하기 시작했고, 실로 화려한 활약을
보여 일약 파리 그룹을 대표하는 초현실주의자가 되었다.
자동기술법은 무의식의 세계를 탐독하는 기법으로, 브르통이
1차 세계대전 기간에 근무했던 병원에서의 경험에서 착안하였다.
그는 신경증 환자들이 간혹 뱉어 내곤 하던 독백에 주목했는데,
특히 그들 환자들의 말이 논리적 의미 연관과 이성적 사유를
종잡을 수 없이 분산시킨다는 사실이 그에게는 흥미로웠다.
브르통은 자유로운 의식의 흐름을 가능한 빠르게 받아 적는
방법을 고안할 필요성을 느꼈다. 무의식으로 향하는 현실의
통로가 이러한 방식으로 열릴 거라고 생각했던 것일까? 꿈이나
꿈의 상태, 수면 상태처럼 이성의 빗장을 풀어 버릴 때 열리는
무의식의 세계를 글로 기록하거나 그림으로 표현하려는 시도는
그렇게 착수되었다. 그러나 이 시도가 초현실주의 멤버들
사이에서 항상 성공을 거두었던 것은 아니다. 잠에서 갓 깨어나
몽롱한 상태를 기록하여 옮기는 작업은 수면의 기억들, 그러니까
대부분 흩어진 파편들이 일시에 모인 것과 같은 조각들처럼
떠오르는 산만한 이미지들이, 그것도 아주 짧은 순간, 현실
세계에서 휘발되기 직전의 상태를 어느 정도 유지해야만 가능한
일이었기 때문이다.
　데스노스는 이 불가능해 보이는 작업을 손쉽게 해냈다. 그는
실로 수면에 진입한 상태에서 문장을 읊는 비범한 능력을 지니고
있었다. 누구보다도 뛰어난 자동기술의 실천자가 된 데스노스는

적극적으로 실험에 임하여 다양한 형태의 기록들을 남겼고, 그렇게 초현실주의 운동의 소위 '수면의 시대'에서 주인공이 될 수 있었다. '영매(médium)'로서의 자질을 유감없이 보여 준 데스노스는 최면 상태에서 다양한 말놀이를 구사했으며, 기상천외한 데생들을 선보였고, 논리적 연관성이 결여된 말을 녹음으로 남기기도 했다. 그는 실험을 통해 '언어'의 한계와 '인격'의 한계를 동시에 실험이 반열에 올려놓았으며, 그렇게 새로운 예술 세계를 여는 데 기여했다. 특히 몽파르나스 근처에 위치한 초현실주의 화가 앙드레 마송의 옛 작업실에 정착한 이후, 데스노스는 한편으로 저널리즘 활동을 활발히 전개하는 한편 또 다른 한편으로 당대 쟁쟁한 초현실주의자들과 활발히 교류했다. 당시 몽파르나스는 초현실주의의 거점이자 요새나 다름없었다. 이 시기, 데스노스는 화가 프랑시스 피카비아, 루이 아라공, 레몽 라디게, 필립 수포, 트리스탕 차라, 블리즈 상드라르, 폴 엘뤼아르, 로제 비트락 등 초현실주의 문화 예술 운동을 이끌었던 당대 최고의 예술가들과 함께 활동했다. 이때의 경험을 바탕으로 1922년 데스노스는 『로즈 셀라비(Rose Sélavy)』를 출간했다.

34. 로즈 셀라비의 잠 속에, 우물에서 나와 밤마다 자기 빵을 먹으러 오는 난쟁이가 하나 있다.

앙드레 브르통이 『초현실주의 선언』에서 인용하여 유명해진 「로즈 셀라비」의 서른네 번째 문장[2]이다. 그러나 이 번역문만으로 「로즈 셀라비」가 왜 언어의 가능성을 집요하게 실험했던 초현실주의적 실천의 결과인지를 알아보기에는 다소 부족할 것이다. 제목을 잠시 살펴보자. 여성의 이름을 의미할 '로즈 셀라비(Rose Sélavy)'는, '장미, 그것은 인생(Rose, c'est la vie)'을

---

2) 앙드레 브르통, 『초현실주의 선언』, 앞의 책, 108쪽.

음성적 유사성에 따라 철자를 조작해서 만들어 낸 것이며, 또한 마르셀 뒤샹의 필명이기도 했다. 이와 같은 사실은 시의 열세 번째 문장에서, 예의 저 철자와 음절의 조작을 통해서 암시되어 나타난다.

> 13. 로즈 셀라비는 소금 장수를 잘 알고 있다.
>
> 13. Rose Sélavy connaît bien le marchand du sel

'소금 장수'를 뜻하는 프랑스어 단어 'marchand du sel'을 '① mar ② chand ③ du ④ sel'로 끊은 후, 순서를 바꿔 ①-④-③-② 순으로 조합하면 '① mar-④ sel-③ du-② chand'이 된다. 이후 차례로 읽으면 '[maʀ]-[sɛl]-[dy]-[ʃɑ̃]', 즉 '마르셀 뒤샹'에 이른다. 150개의 아포리즘과 문답으로 구성된 「로즈 셀라비」는 제각각의 문장이 고유한 비밀을 감추고 있는 난해한 지도, 다시 말해 '말놀이(calembour)'의 난해한 퍼즐이자 '철자 바꾸기(anagramme)'로 어지러운 소리의 길을 낸 커다란 미로나 마찬가지이다.[3]

시인이 형식에 구애받지 않는 다양한 글을 발표할 수 있었던 것은 이데올로기나 특정 사상에 경도되지 않았으며, 자유를 추구한 것만큼이나 형식적 제약을 지니게 마련인 전통시나 개별 장르를 고집하는 편협한 통념보다, 오히려 무수한 자동기술을 통해 열리는 자유로운 형식의 글쓰기야말로 자신이 추구해야 할 또 다른 종류의 '자유'라고 여겼기 때문이다. 데스노스에게는 특정 문학의 장르 역시 그다지 중요하지 않았으며 그의 관심사도 아니었다. 예를 들어 1927년에 출간된 『자유냐 사랑이냐!』는

---

3) 「로즈 셀라비」의 언어유희에 관한 분석의 예는 이건수, 「로베르 데스노스, 초현실주의의 총아 ─ 로즈 셸라비의 실험 정신과 의의」, 『외국문학』, 44호, 1995를 참조할 것.

작가가 스스로의 죽음을 선언하면서 시작하는 한 편의 괴상한 꿈이며, 이 꿈을 필사한 듯한 인상을 주는 몽환적인 텍스트일 뿐 소설도 산문도 에세이도 아니었다. "사랑을 위해서라면 어떠한 위험이라도 불사할 준비가 된 모험가들"이 거리를 배회하는 『자유냐 사랑이냐!』는 이렇게 시작된다.

I

....

로베르 데스노스

1900년 7월 4일 파리 출생.
1924년 12월 13일, 지금 이 문장을 쓰고 있는 날, 파리에서 사망.[4]

데스노스가 초현실주의의 중심에서 총애를 받으며 독보적인 활동을 펼친 시기는 그리 길지 않았다. 그러나 착수될 당시 초현실주의 예술운동이 품고 있었던 이상과 초현실주의가 실험을 통해 가닿고자 했던 자유의 세계를 누구보다도 다채롭고 명확한 방식으로 실현했던 사람은 데스노스였다고 해도 과언은 아니다. 그는 현실과 무의식을 잇는 가교이자 뛰어난 '영매'로서 언어의 한계 너머에 도달해 인식의 경계를 넘나들었고, 미지의 세계를 백지 위로 끌고 올 줄 아는 비상한 상상력과 풍부한 감수성의 소유자였다. 그는 무의식에 깊이 잠수하여 무언가 기발하고도 경이로운 흔적들을 현실로 길러 올릴 줄 아는 드문 재능을 갖고 있었다.
　초현실주의의 전위에 있던 그의 시에는 몽환적이고도 현란한

---

4) 로베르 데스노스, 『자유냐 사랑이냐!』, in Robert Desnos, *Œuvres*, Édition établie et présentée par Marie-Claire Dumas, Gallimard, 1999, p. 324.

이미지들이 끊임없이 배회하며 언어가 무질서 속으로 빨려
들어가 광란을 뿜어내듯, 독창적이고 고유한 목소리를 울려 낸다.
브르통이 "초현실주의가 의제로 떠오르고 있으며 데스노스는
초현실주의의 선구자다."라고 지적한 것처럼, 초현실주의의
실천 강령이라 할 "순수 상태의 심리적 자동운동으로, 사고의
실제 작용을, 때로는 구두로, 때로는 필기로, 때로는 여타의
모든 수단으로, 표현하기를 꾀하는 방법", 다시 말해 "이성이
행사하는 모든 통제가 부재하는 가운데, 미학적이거나 도덕적인
모든 배려에서 벗어나, 사고의 받아쓰기"[5]를 가상 맹화하게
실천한 사람은 의심할 여지없이 데스노스였다. 그의 초현실주의
활동은 어떤 통제도 없이 자유로운 상태에 진입한 상태의 언어를
현실에서 실현하여 우리의 의식을 '다시' 구축해 보려는 의지의
소산이기도 했다.

1920년대 후반에 접어들자 초현실주의 멤버들은 정치적인
문제로 견해를 달리하기 시작했다. 규율에 엄격했던 브르통은
생계를 위해 늘려 가기 시작한 데스노스의 신문 기고나 자유로운
작품 활동에 반대했고, 반면 데스노스는 브르통이 공산당에
가입하자 이를 반대했다. 이 사건을 계기로 1930년에 브르통은
데스노스를 초현실주의 그룹에서 제명 처분한다.

이후 데스노스는 저널리즘이나 라디오 방송, 영화 분야에서
왕성한 활동을 펼치기 시작한다. 초기에 자주 선보였던 망상과
몽상의 글쓰기를 체계적으로 실현하는 작업은 중단되었지만
그는 경이로운 꿈의 세계를 담아내고 사랑의 미지와 현실의
신비를 대중적인 언어로 표현하고자 꾸준히 노력한 작품들을
선보였다.

---

5) 앙드레 브르통, 황현산 옮김, 『초현실주의 선언』, 미메시스, 2012, 90~91쪽.

자유의 시, 자유의 시인

데스노스의 삶이나 시 세계를 가장 잘 표현해 주는 낱말이 있다면 이는 필경 '자유'라고 할 수 있을 것이다. '자유'는 그가 '사상적으로' 무언가에 얽매이지 않고 자유로운 영혼의 소유자였다는 의미를 지닌다. 그러나 '자유'는 무엇보다도 그의 삶에서 자주 결여되어 있었던 것으로, 데스노스 자신이 내내 쟁취해야 할 목표와도 같았다. 또한 '자유'는 그에게 시적 자유, 다시 말해 시적 언어의 자유와도 밀접하게 연관되어 있다.

데스노스의 작품들은 크게 보아 두 권의 시집에 담겨 있다고 할 수 있다. 하나는 1919년부터 1929년까지 대략 10년간 발표한 작품들을 모아 1930년에 출간한 『송두리째(Corps et biens)』이며, 다른 하나는 이후 발표된 시들로 구성된 『행운들(Fortunes)』이다. 두 권 외에 데스노스의 시집으로는 1943년에서 1944년 사이에 집필했던 작품들을 모은 『터무니없는 운명(Destinée arbitraire)』이 있으며 데스노스 사후 1975년에 출간되었다. 여기에는 1962년에 출간된 시집 『고장(Contrée)』과 『칼릭스토(Calixto)』는 포함되어 있지 않다. 또한 그는 산문 혹은 소설이라 할 『뉴헤브리디스 제도(Nouvelles Hébrides)』와 『자유냐 사랑이냐!』, 『애도를 위한 애도(Deuil pour deuil)』를 출간했으며, 이 작품들 역시 어떤 의미에서는 시적 글쓰기의 연장 혹은 확장이라 볼 수 있다. 데스노스는, 알려진 바처럼, 수용소에서의 갑작스런 죽음이라는 기구한 운명에도 불구하고 제 삶에서 결코 시 쓰기를 멈추지 않았다.

신문에 기고할 목적으로 영화나 회화, 음악을 주제로 한 평론이나 서평을 쓸 때조차 그는 장르의 구분을 넘나들며 자주 낯선 글쓰기를 선보였다. 생소한 표현들이 여기저기 솟구쳐 오르고, 논리적 흐름은 빈번히 끊어지거나 자주 역류하여, 읽는 이의 시선을 여기저기로 분산시켰다. 이러한 방식의 글쓰기는

그가 항상 시인으로 삶을 살았고, 시인의 자격으로 제 글을
집필했다는 사실을 알려 준다. 그는 '산문'으로 이루어진 거의
대부분의 글에조차 시적 특성을 부여하기 위해 다양한 형식을
차용했다. 가령 정형 시구와 자유 시구, 산문 등을 섞는 혼종석인
글쓰기는 그가 선호하는 방식이었다. 또한 행갈이나 활자의 크기
등 편집에 각별히 신경을 기울이는 등 데스노스는 타이포그래피
전반을 규범에서 벗어나 '시적' 방식으로 적용하려 노력을
기울였다.

　　데스노스의 문학 세계를 설명해 주는 특징 중 하나가 바로
여기에 있다. 그의 글은, 그러니까 어떤 의미에서는, 모두 시라고
할 수 있는 것이다. 중요한 것은 이러한 시도가 바로 그에게는
'자유'의 방편이었다는 점이다. 글쓰기의 다양성을 실현하기 위한
실험이야말로 데스노스의 시 세계 전반을 관통하는 특징이라
할 수 있다. 초현실주의 시학의 절정을 보여 준다는 평가를 받는
『로즈 셀라비』에서 오드와 소네트의 형식을 차용하여 신화의
세계를 웅장한 어조로 그려 낸 정형시집 『칼릭스토(Calixto)』에
이르기까지, 데스노스는 각각의 시집마다 고유한 어조를
부여하려 노력했고, 각각의 시마다 고유한 논리를 고민하는
일에 게으르지 않았다. 이와 같은 방식으로 글쓰기에서 '자유'를
추구해 나갔던 그는 1930년에 자신의 예술을 "두 단어로
요약하자면, 그것은 바로 온갖 파격"이라고 언급한다. 예술가든
시인이든 자신의 선택을 '자유롭게 장악해야 한다.'고 시인이
기회가 될 때마다 강조한 것은 바로 이러한 이유에서이다.
사망하기 1년 전, 그러니까 1944년 무렵까지 "시는 완전히
자유로운 상태에서 모든 것을 말할 수 있어야 한다."고 힘주어
강조했던, 그러나 제 삶에서 비극의 그림자를 걷어 내지 못했던
이 유대인 프랑스 시인이 끊임없이 추구하려 했던 유일한 것은
바로 '자유'였던 것이다.

1 모방이라는 제약에서 몽환의 말놀이로

데스노스는 활동 초기부터 '제약'을 활용할 줄 알았다. 감탄해 마지않는 작가들의 작품을 시로 모방하면서 그는 이들과의 영향 관계를 부정하지 않았다. 그러나 모방은 위대한 시인에 대한 일방적인 경도에서 빚어진 단순한 결과물을 야기하거나, 베껴 오기 식의 단순한 흉내였다기보다, 자기 고유의 세계를 창조하기 위해 스스로에게 부과한 일종의 시적 제약이라 할 수 있다. 초창기에 발표한 시 「팸플릿(Prospectus)」, 「아르고 선(船) 영웅들의 화장(化粧)(Le fard des Argonautes)」, 「코코에게 바치는 오드(L'ode à Coco)」는 차례로 기욤 아폴리네르, 로랑 타자드(Laurent Tailhade), 루이 드 공자그 프릭(Louis de Gonzague Frick)의 작품을 모방하여 탄생했다. 『자유냐 사랑이냐!』의 서두를 장식한 「아르튀르 랭보의 「밤새워 돌보는 사람들」(Les veilleurs d'Arthur Rimbaud)」도 물론 「취한 배(Le Bateau ivre)」의 시인 랭보와 자신을 동일시한 결과 발생한 일종의 조작이자, 원본과 다르다는 점에서 랭보의 작품 「밤새워 돌보는 사람들」을 날조한 결과라고도 할 수 있겠다. 데스노스가 모방을 '제약'처럼 활용했다는 것은, 아폴리네르나 타자드 등의 시구를 자기 작품에서 지워 낼 수 없는 핵심으로 '고정시킨' 다음, 거기에 자기 고유의 시구들을 덧붙이며 위대한 작가의 작품을 활용했다는 것을 의미한다.

모든 규칙들이나 제약들에서 해방되었다고 자신이 언급한 시집 『송두리째』는 최면 상태의 도움 속에서 가능해진 '형식적 무질서'의 원리를 바탕으로 집필되었다. 말놀이의 절정을 이루었다고 평가받는 『로즈 셀라비』에서 통상적인 관용구들을 적극적으로 차용하여 기이한 효과를 창출한 것으로 평가받는 시집 『구운 언어(Langage cuit)』에 이르기까지, 그가 글쓰기의 실험을 통해서 보여 준 환상과 몽환의 세계는 브르통이 "낱말들이 섹스를 한다."고 표현한 것처럼, 언어 전반에 대한 극단적인 실험을 토대로 초현실의 경이를 담아냈다고 평가될 수 있을 것이다.

2 사랑의 목소리와 타자의 부재

이후 1926년에 발표한 『알 수 없는 여인에게(À la mystérieuse)』와 그 이듬해 출간한 『암흑(Ténébres)』을 통해 데스노스는 다시 한번 대대적인 변모를 꾀한다. 감각적인 시의 어조는 이전의 작품과 완전히 다른 방식으로 구사되고 있었고, 시의 리듬은 이전에 비해 현란함이 잦아들었지만, 그 대신 타오르는 정열과 몽상의 이미지를 배기 위에다 힘까세 비끄리멜 줄 알았다. 어조의 창출과 리듬 전반의 운용에 변화를 꾀한 그는 '오로지 꿈에서만 구현이 가능한 사랑'이라는 독창적인 주제를 전개해 나갔다. 절묘한 행갈이와 반복의 효과를 살려 내기 위해 선택한 자유시는 데스노스에게 꿈과 사랑이라는 주제를 실현하는 데 가장 효과적인 리듬과 적합한 어조를 부여해 주었을 것이다.

> 내게서 멀리 그리고 별들과 시의 신화를 장식하는 온갖
>   액세서리들과 비슷하게,
> 내게서 멀리 그리고 너 모르는 사이 그럼에도 나타나는,
> 내게서 멀리 그리고 내가 끊임없이 너를 상상하기에
>   여전히 더 침묵하고 있는,
> 내게서 멀리, 내 어여쁜 신기루와 내 영원한 꿈, 너는 알
>   수 없으리.
> 네가 알았더라면.
> 내게서 멀리 그리고 분명 나를 전혀 알지 못하거나 아직도
>   나를 알지 못할.
> 내게서 멀리 왜냐하면 네가 나를 사랑하지 않는 게
>   분명하기에 혹은 똑같은 결론에 이르게 되기에,
>   그러하리라 내가 믿지 않기에.
> 내게서 멀리 왜냐하면 열렬한 내 욕망을 네가 애써

무시하기에.

내게서 멀리 왜냐하면 너는 잔인하기에.

네가 알았더라면.

— 「네가 알았더라면」에서

『알 수 없는 여인에게』에 실린 대부분의 작품은 간결한
구절들이 다양한 형태의 반복을 거쳐 독특한 목소리를 울려
낸다. 시인은 "네가 알았더라면"이나 "내게서 멀리"(「네가
알았더라면」), "네가 거기에 있다"(「잠의 공간들」), "그대 말하라"(「그렇지
않다, 사랑은 죽지 않았다」)와 같은 반복구가 절묘하게 어우러질 때,
시 전반이 서정의 율동을 만들어 내고, 일인칭 화자가 주관성의
목소리를 울려 내는 데 더할 나위 없이 효과적일 거라는 사실을
잘 알고 있었다. 일인칭과 이인칭의 화자('나'와 '너')가 서로가
서로에게 화답을 하며, 강렬하고도 자유로운 리듬의 변주를
통해, 현실에서 결코 이룰 수 없는 감정 속으로 빨려 들어가고,
꿈이라는 공간을 사랑이 실현될 유일한 장소로 울려 내기
시작하면, 불확실한 타자가 시에서 완전히 제거되면서, 어느새
감동적인 너와 나의 사랑의 목소리가 시에서, 마치 꿈을 말하듯,
그러니까 구어(口語)처럼 강렬하게 울려 나오고, 그리움이 절정에
오른다.

오, 사랑의 고통이여, 까다로운 천사들이여, 내 사랑의
모습을 따라 상상해 보는 그대와 내가 헷갈려 하는
그대가 바로 여기에 있구나…….

오, 사랑의 고통이여, 내가 창조하고 옷을 입힌 그대,
오로지 옷차림으로만 마찬가지로 두 눈, 목소리,
얼굴, 두 손, 머리카락, 치아, 두 눈…… 으로만 내가
알고 있는 내 사랑과 그대가 서로 뒤섞여 있구나.

— 「오, 사랑의 고통이여」에서

데스노스의 시를 이끌고 나가는 주된 힘은 바로 여인이다. 그에게 끊임없이 시적 영감을 부여하면서 작품에서 너, 그대, 당신으로 등장하고 또 사라지기를 반복하는 그녀는 누구인가? 그의 시는 항상 너와 나, 그대와 나 사이, 서로를 만지고 애무하고, 서로의 말을 이해하고 감정의 교류를 감지하는 과정으로 뒤발하고 있다. 그러나 서로 조우하는 일은 오로지 꿈에서만 가능하다, 꿈에서만 보고 또 느낄 수 있는 그대만이 시에서 오롯해지는 것이며, 이처럼 현실에서는 신기루에 불과했음지 무트나 시에시 사랑의 화신이 되어 활활 타오른다. 데스노스는 꿈의 언어를 사랑과 결합할 줄 알았으며, 다양한 형식의 혼합을 통해 사랑의 경험들과 자신의 삶을 하나로 통합해 나갔다. 그는 사랑하는 여인을 '세이렌'과 '아네모네'라는 두 개의 상징을 통해 형상화할 줄 알았고, 그렇게 때론 신화를 통해 서정적인 목소리를 덧입혀 내고, 때론 꿈으로 현실의 공간을 물들일 줄 알았으며, 그렇게 해서 자기만의 자유시를 선보일 수 있었다. 언어의 마술사였던 그는 독창적이고도 강렬한 이미지의 창조에도 몰두했다.

> 동물들과 술병들에 맞서 나는 맹렬하게 싸우고 있다
> 아주 방금 전부터 어쩌면 열 시간이 차례차례
>   지나갔으리라
> 산호를 두려워했던 헤엄치는 미인이 오늘 아침 잠에서
>   깨어난다
> 호랑가시나무로 장식된 산호가 문을 두드린다
> 아! 아직도 석탄이구나 또 석탄이구나
> 꿈과 내 고독의 수호신 석탄이여 내 너에게 간청하니
>   나를 내버려 다오 나를 내버려 다오 산호를
>   두려워했던 저 헤엄치는 미인 이야기를 계속할 수
>   있도록

내 꿈들 이 매혹적인 주제에 더는 폭정을 행사하지
말거라
— 「이미지의 정체성」에서

언어의 조탁에 재능을 갖고 있었던 데스노스는 그러나 한
빈도 제 시에서 이미지를 소홀히 한 적이 없다. 오히려 그는
언어의 실험으로 촉발되지만 실험으로 채 충족되지 않는
이미지를 "사고의 순수한 창조물"이라고 여겼다. 그는 "서로
병치된 두 현실의 관계가 서로 멀고도 정확할수록" 이미지는
"보다 강력해질 것이며, 정서적으로 더 강한 힘과 시적 현실성을
얻게 될 것"이라는 사실을 알고 있었다. 그는 이미지의 속성과
구현의 원리를 정확히 알고 있었던 것이다. 대상을 붙잡고
씨름하면서 그는 보색의 원리처럼, 오히려 대립 속에서 이미지가
보다 강력한 힘을 뿜어낸다는 사실도 옳게 파악하고 있었다.
그는 그러기 위해선 사물을 다르게 주시하는 일에 전념해야 하며,
나아가 사물의 눈으로 오히려 세계를 볼 줄도 알아야 한다고
믿고 있었다.

3 장시에서 노래로

서정적 요소를 강하게 드러내며 사랑과 자유의 언어를
구현했던 그의 시는 1929년부터 알렉상드랭 시구나 사행시구로
이루어진 정형시를 활용하여, 압축성의 중요성을 강조하기
시작한다. 이와 같은 정형시의 리듬에 힘입어, 그는 이전보다
단단하고 간결한 어조를 구사하며 새로운 시 세계로 눈길을
돌리기 시작했다. 장시의 실험이 이렇게 행해지며, 시와 노래를
결합하려는 시도가 이렇게 궤도에 오른다.

1942년에 출간된 시집 『행운들』은 혼합된 형식들을 통해
장시(長詩)를 극단적으로 실험한다. 「시라무르」와 「사랑 없는
밤들의 밤(The night of loveless nights)」은 산문, 자유 시구, 이탤릭체

시구, 정형 시구의 혼합으로 구성된 대표적인 장시라 할 수
있다. 그는 이와 같은 형식적 혼용을 통해, 몽환적인 꿈의
세계를 자유롭게 표현하고 서정적 어조를 단단하게 그러질 수
있다고 믿었다. 『행운들』의 서문에서 데스노스는 다양한 시
형식의 혼합으로 야기된 특징을 "일종의 잡스러움"이자 "언어의
안개"라고 언급하며, 어조 전반을 "웅장하게 만드는 구성"이라고
정의한다. 문장의 연속적인 배치와 산문적인 전개, 경쾌한
말놀이와 반복의 적극적인 활용으로 현란하면서도 다소 버거에
보이는 이 자끔 들음, 그럼에로 불구하고 텍스트 선반을 하나로
결집시키는 순환 구조를 통해 중심을 잃지 않는다. 꿈과 현실이
서로 교차하며 자주 충돌하고, 별들과 세이렌이 포개어지고
또 뒤섞이면서 장시는 고유하고도 독특한 사랑의 목소리를
울려 낸다. '세이렌(sirène)'과 '사랑(amour)'을 하나로 결합하기
위해 데스노스는 '증오'를 추방하기로 결정한다. 'Siramour'가
'세이렌'에서 '증오'를 제기한 다음, '사랑'과 하나로 묶여 탄생한
신조어[6]인 것은 바로 이런 까닭에서다.

한편 1933년에서 1939년까지 데스노스가 가장 활발하게
활동했던 분야는 저널리즘과 라디오 방송이었다. 그는 방송을
진행하면서 유머 가득한 언어로 대본을 집필했는데, 이는 물론
뛰어난 그의 말놀이 솜씨를 적극적으로 활용한 덕분이었다.
다양한 방송 활동을 통해 그는 언어의 가능성을 최대한 실험하려
했고, 이와 같은 경험을 통해 말과 음악이 하나로 결합할 때
발생하는 고유한 가치를 발견하게 되었다. 라디오 방송을 통해
「팡토마스의 위대한 애가(哀歌)(La grande complainte de Fantômas)」는

---

6) '증오'를 뜻하는 프랑스어 낱말 'haine'는 세이렌을 뜻하는 프랑스어
'sirène'의 마지막 음절 '-ène'와 발음이 같다. 데스노스는 'ène'를 제거하고
sir만 남겨, '사랑'을 뜻하는 'amour'와 결합해 하나의 단어로 만들어 장시의
제목으로 삼는다.

대중적으로 엄청난 성공을 거두었으며, 「서푼짜리 오페라」로
세계적인 명성을 떨친 쿠르트 바일(Kurt Weil)에 의해 음악으로
완성되기에 이른다. 시는 자주 노래를 염두에 두고 집필되었으며,
음악과 시를 결합하려는 시도는 짧고 경쾌한 동시의 출간으로
결실을 보았다. 1943년에 출간된 동시집 『착한 아이들을 위한
서른 개의 노래 이야기(Trente Chantefables pour les enfants sages)』에서
그는 자유로운 말놀이를 바탕으로 풍부한 유머와 재치 있는
난센스를 구사했으며, 동화 속 이야기를 짧은 노래로 변형하여
시로 만들었다. 그의 동시는 노래로 불리면서 대중적으로 엄청난
성공을 거두었다.

4 추방당한 자들의 명예

1934년에 『목 없는 자들(Les sans cou)』[7]을 발간하면서
데스노스는 또다시 변화를 시도한다. 그러면서 이전 작품을
강력하게 지배하고 있던 서정성과 개인적인 목소리, 사랑의
강렬하면서도 몽환적인 어조 등이 급격히 자취를 감추기
시작했다. 형식적인 측면에서 그는 자유 시형을 그대로
유지했지만, 이어지는 행과 행을 연에 삽입하는 등 형식적 파격을
통해 시에 새로운 호흡을 도입하려 노력했다. 형식적인 차원뿐만
아니라 주제도 변화의 요로 위에 놓았다. 사회에서 추방당한
자들이나 비난받아 온 사람들, 기요틴으로 처형당한 자들이나
육체의 일부를 상실한 자들이 시에 등장하여 이야기의 소재가
되거나 힘찬 목소리를 내기 시작했다. 그는 자유의 쟁취를 위해
희생되었던 혁명적이면서도 상징적 존재들을 영웅담의 형식을
취하거나 비장한 어조로 표현하였으며, 사회에서 상실된 이들의
명성을 돌려주거나 감추어진 이들의 영웅적인 면모를 전설의

---

7) '목 없는 사총사'나 '목 없는 자들'은 '무절제한 일탈'을 뜻하는 프랑스어
'les quatre cent coups'의 동음을 조작하여 만들어 낸 말장난이다.

형식 속에 담아내려 했다.

그들이 무언가를 도모할 때면, 어느 왕보다 위엄이 있었다
그리고 그들이 우상들 앞을 꼿꼿이 지나갈 때면
우상들은 자신의 십자가 뒤로 제 몸을 숨겼다.

사냥에서건 축제에서건 되찾게 해 주려고
사람들은 스무 번도 넘게, 백 번도 넘게
그들이 미리글 그들에게 가져다주었으나,

그러나 뇌수에 추억이 잠자고 있던,
두 눈이 빛을 뿜어내던 그 머리를
그들은 결코 다시 취하는 법이 없었다.

——「목 없는 사총사」에서

　　1936년에 발표한 「두드리는 문들(Les portes battantes)」에서
데스노스는 잘려 나간 목이나 사라진 손 등 '훼손된 몸의
이미지'를 부각시키면서 "제 그림자를 상실한 사람들"을
노래한다. 이들은 거개가 "모든 문명을 거역하는 자", "비열한
살인마", "배신자", "모든 규칙을 위반하는 자", "모든 입법자의
적", "초인간적 감각의 소유자" 등이며, 데스노스는 이들을 "목
없는 자들"의 목소리를 빌려 시에 등장시키고, 이를 통해 "기존의
질서에 대한 저항을 표출"[8]하려 시도한다. 이 시기 작품들은
지극히 평범한 어휘와 가공되지 않는 구문을 바탕으로 자칫
진부해 보이는 주제에 천착한 것처럼 보일 수도 있다. 여기에는
이유가 없지 않을 것이다. 이 시기의 시에 대해 그는 "서정적

---

8) 조윤경, 「로베르 데스노스와 해부되는 몸」, 『초현실주의와 몸의 상상력』,
문학과지성사, 2008, 194쪽.

구어체의 추구"를 실현하려 했으며, 이러한 선택이 "흔해 빠진 생각들과 한 번 이상 사용되었던 주제들을 다시 취하게" 시인을 인도했노라고 밝힌 바 있다.

1975년에 출간된 그의 사후 시집 『터무니없는 운명(Destinée arbitraire)』에는 「팸플릿」(1919년), 「유키를 위한 시편들」(1930~1932년), 「전쟁을 증오했던 이 마음이……」 등 미발표 원고가 다수 포함되어 있다. 1943년에 발표한 『각성 상태』는 다양한 경험이 서로 교차하는 시집으로 평가된다. 시인은 이 시집에서 리듬의 가능성을 극단적으로 실험했다고 고백한다. "매 단어, 매 행이 통제되었고, 모음 혹은 각운이 딸린 삼행시와 같은 최초의 형식들의 필요성"이 생겨났으며, 이는 시에 도입할 수밖에 없었던 "기계적인 리듬의 요청"이었다고 데스노스는 말한다. 그는 "리듬을 통해서 오롯이 대중적인 규칙으로 회귀"할 결심 속에서 음악의 박자에 집착하여, 최대한 언어로 담아낸 노래의 형태를 완성하려 했다. 그의 마지막 시집은 게슈타포에게 체포되기 바로 직전, 마지막으로 시인이 추구했던 것이 다름 아닌 바로 형식적인 완결성이자 대중을 위한 노래와 같은 시의 실현, 간결하고도 규칙적인 리듬의 회복이었다는 사실을 알려 준다.

데스노스는 또한 늘 타자의 말, 미지의 소리에 귀를 기울인 시인이었다.

> 목소리 하나, 저 멀리서 당도한 목소리 하나
> 귓가에 더 이상 울리지 않는다,
> 북소리 같은, 감추어진, 목소리 하나가,
> 그럼에도, 또렷이, 우리에게 도착한다.
> 그 목소리 무덤에서 나온 듯해도
> 그 목소리 오로지 여름과 봄을 이야기할 뿐이다.
> 그 목소리 기쁨으로 육신을 가득 채워 주고,
> 그 목소리 입술에 미소의 불을 밝혀 놓는다.

그 목소리 나는 듣는다. 오로지 그것은 저 요란한
삶과 전쟁터를, 부서지는 천둥소리와 속닥거리는 수다를
가로질러 당도한 인간의 목소리이리라.

당신은? 이 목소리가 딩신에게 들리지 않나요?
목소리는 말한다 "고통은 짧게 지나갈 겁니다"
목소리는 말한다 "아름다운 시절이 머지않았습니다."

이 목소리가 낭신에게 들리지 않나요?

──「목소리」에서

    그의 삶은 실로 비극적으로 마무리되었지만, 그는 결코
비극적인 삶을 살지 않았다. 시인은 항상 밝고 웃음을 잃지
않았으며, 파국의 상황 속에서도 "삶과 전쟁터를, 부서지는
천둥소리와 속닥거리는 수다"를 "가로질러 당도한 인간의
목소리"를 들으려 애썼다. 그의 삶은 어떤 점에서 '고통이 빨리
지나가기를 바라는' 삶이었을지도 모른다. 그의 시가 유머와
재치로 가득한 것은 그가 실로 어린아이처럼 '놀이'를 좋아했기
때문일 것이다. 다만 그는 장난감 대신 언어를 가지고 할 수 있는
온갖 재미있는 놀이를 즐겨 했으며, 놀이터 대신 백지 위에다
매혹적이고 환상적인 감각의 집을 지을 줄 알았으며, 미끄럼틀
대신 리듬을 타고 해가 지기 전까지, 삶이 끝나기 전까지
올라가고 내려오고, 다시 올라가기를 반복할 뿐이었다.

세계시인선 26   알 수 없는 여인에게

1판 1쇄 찍음 2017년 11월 1일
1판 1쇄 펴냄 2017년 11월 10일

지은이   로베르 데스노스
옮긴이   조재룡
발행인   박근섭, 박상준
펴낸곳   (주)민음사

출판등록 1966. 5. 19. (제16-490호)
주소   서울시 강남구 도산대로1길 62
          강남출판문화센터 5층 (06027)
대표전화 515-2000   팩시밀리 515-2007

www.minumsa.com

ⓒ 조재룡, 2017. Printed in Seoul, Korea

ISBN 978-89-374-7526-9 (04800)
      978-89-374-7500-9 (세트)

세계시인선